MAISON DE L'OMBRE

Histoires de
Sara Connell

CHICAGO · NEW YORK · PARIS · ROME
Muse littéraire
3319 N. Cicero Avenue
Chicago IL 60641-9998

SOMMAIRE

Aux esprits... merci à vous tous.

«Il n'est pas nécessaire d'être une chambre pour être hanté,
Il n'est pas nécessaire qu'il s'agisse d'une maison ;
Le cerveau a des couloirs qui dépassent
Tout lieu matériel».
-Emily Dickinson

«Vous ne semblez pas trop hanté, mais vous êtes hanté.»
-Terrance Hayes

INTRODUCTION

Lors de la fête d'anniversaire de Heather Kogut, en CE1, j'ai raconté à un parterre de filles en sacs de couchage mon interprétation dramatique du «Bras d'or». À minuit, les huit filles avaient appelé leurs parents pour qu'ils viennent les chercher et il s'en est fallu d'un cheveu pour que je sois bannie du circuit des soirées pyjama. Je ne comprenais pas pourquoi elles voulaient partir. Planches d'Ouji, séances de spiritisme, boules magiques, léger comme une plume, immobile comme une planche, la série de livres TIME life sur l'ESP avec des couvertures portant un gigantesque œil violet, j'ai saisi toutes les bribes de l'occulte que mon enfance en banlieue d'Alexandria, en Virginie, me permettait d'entrevoir. D'autres enfants sont sortis de cette phase, mais pas moi. Aujourd'hui encore, dans la quarantaine (je suis toujours amie avec Heather), j'achète avec empressement n'importe quel livre dont le titre contient un fantôme et je n'ai aucune honte à ouvrir un jeu de cartes oracle lorsque mes amis viennent dîner. Mon plaisir et ma fascination pour le monde spirituel se sont approfondis lorsque j'ai entrepris de guérir une foule de traumatismes qui m'ont montré à quel point nous, les humains, pouvons être hantés de bien des façons.

De nombreux écrivains ont dit que «chaque histoire est une histoire de fantômes». Je suis d'accord. Certaines des histoires de ce livre contiennent des fantômes, d'autres sont issues de ces autres types de hantises et j'espère qu'elles vous offriront quelque chose. Un rire, une micro guérison peut-être et surtout, je prie pour qu'elles vous ramènent sur le sol d'une cave avec des sacs de couchage disposés en cercle, une lampe de poche sous le menton et un petit frisson qui remonte joyeusement le long de votre colonne vertébrale.

MAISON DE L'OMBRE

«Le mari de Caitlin lui a chuchoté à l'oreille que la vente de la pièce Powell couvrirait à elle seule l'acompte. Je pourrais rénover cet endroit et doubler notre investissement.»

«Absolument», dit Ashley, l'agent immobilier, en écoutant aux portes. Ashley avait les cheveux blonds avec des mèches coûteuses et portait des ballerines bleu marine avec un insigne Tory Burch doré sur le bout. «Trois chambres, une salle de bain avec deux lavabos, un design Tudor original. Le fantôme fait partie de l'opportunité». Caitlin a posé une pièce de 10 cents sur le sol. La pièce roula vers le placard et atterrit sur le côté sud de la pièce. Les planchers déformés faisaient-ils également partie de l'opportunité ?

«Caitlin voulait répondre qu'une maison de fantômes est une très mauvaise idée. John disait toujours aux gens ce qu'il en était. Lorsqu'elle a commencé à sortir avec John, Caitlin pensait que cette phrase était gentille, qu'elle faisait partie de son flocon de neige unique, jusqu'à leur fête de fiançailles à Leatherstown, dans l'État de New York, où elle a découvert que tous les hommes de la famille de John commençaient leurs conversations de cette manière. Désormais, chaque fois que John la prononce, elle voit des maillots des Buffalo Bills et des Chevelles rouillées sur des parpaings et entend le léger K à la fin de *thing*, comme le disaient tous les oncles de John.

Caitlin parcourt le périmètre de la pièce. Planchers inclinés, lourdes portes en chêne. Des vitraux. Rien à voir avec les maisons de plain-pied fraîchement construites, aux cuisines monochromes et aux murs d'un blanc immaculé qu'elle convoitait.

Ashley tapote la vitre marron foncé avec un ongle rouge poli. «Celui qui prendra cet endroit se fera de l'argent».

John a annoncé que cette chambre serait la chambre d'enfant et l'agent immobilier a fait un clin d'œil à Caitlin. Il y avait aussi une troisième chambre, que John avait déjà réclamée. «Des meubles encastrés», a-t-il dit. Il a fait un signe de la main en direction d'un mur de noyer terne et écaillé, du sol au plafond, des bibliothèques qui accueilleraient sa collection de répliques de voitures découpées à l'emporte-pièce. Lorsqu'ils avaient emménagé dans leur appartement, Caitlin avait monté quatre étages en trimbalant des cartons de voitures. Des Aston Martin vertes avec des ceintures de nylon attachées au moteur ; deux Mustang de 65, rouge pomme d'amour ; une Chevrolet Bel Air de 57, noire et vernie avec des ailerons de requin à l'arrière ; et la préférée de John, un coupé Corvette de 63 argenté et bleu avec des sièges blancs comme neige que son père lui avait offert et qui l'avait accompagné dans tous les endroits où il avait vécu depuis son enfance.

John tira le coude de Caitlin et la tourna vers Ashley, qui disait quelque chose à propos du placard. Le fantôme bouillonnait-il à l'intérieur de cette porte, attendant de lâcher un cri à fendre les tympans ?

«Le fantôme se promène-t-il dans les environs ? demanda Caitlin. Lorsque Caitlin essaya d'imaginer le fantôme, elle ne parvint qu'à évoquer un brouillard blanc comme dans un dessin animé pour enfants. Elle passa sa main au-dessus de la poignée.

«Grenier», dit l'agent immobilier en faisant un geste de la main vers le plafond. «D'après l'inspecteur, elle ne sort jamais.

Caitlin s'est approchée de la fenêtre. *Elle.* Un fantôme féminin. Un geai bleu de la taille de la paume de Caitlin tapa sur la vitre de la fenêtre de la chambre. Son visage était minuscule et féroce, encadré d'une crinière noire. Caitlin regarda son bec picorer la vitre.

L'agent immobilier leur a fait visiter la cuisine (marron partout, affreux), le sous-sol rempli de matelas isolants roses apparents et un jardin de mauvaises herbes enchevêtrées.

«Ce sera l'atelier de Caitlin», annonça John lorsqu'ils arrivèrent dans une grande pièce au premier étage. L'agent immobilier regarda John avec une admiration rayonnante - ce mari soutenait tellement sa femme artiste à succès.

Les murs de cette pièce étaient du même blanc coquille d'œuf que ceux de la galerie Pemberton, sur le campus de son université ; un ensemble peu reluisant de travaux d'étudiants, pour la plupart mauvais. Même au début, son travail avait attiré un peu d'attention, mais pas d'argent. John s'était tenu à l'arrière d'un groupe de professeurs et de parents qui parlaient d'elle et de son art comme si elle était elle aussi une sculpture ornant la pièce. «Une telle audace comme l'enfant de Louis Bourgeois et de Brâncuși».

John a attendu qu'il y ait une séparation dans la foule avant d'agir.

approché. «Qu'est-ce que vous vouliez faire ici ?» Il était le seul à lui avoir posé la question.

Et tout le monde aimait John. Lorsqu'ils ont rendu visite à la grand-mère de Caitlyn pour annoncer leurs fiançailles, John s'est promené dans le vaste jardin de sa grand-mère et lui a demandé comment elle s'y prenait pour empêcher les lapins de s'attaquer aux rosiers. Nana avait parlé de ses tribu-lations floricoles tandis que John avait hoché la tête avec sympathie et arraché les mauvaises herbes qui, selon son intuition, étaient devenues un fardeau pour les genoux et le dos de Nana.

Nana, la mère de Caitlin, sa camarade d'atelier à l'école supérieure, a vu la même douceur qu'il a dû apporter au département d'éducation physique de l'école primaire John Adams avant que le programme ne perde son financement et que John ne soit licencié.

La recherche d'emploi l'a épuisé. Les refus lui causent des indigestions et des insomnies.

Nana disait que John était fait pour enseigner aux enfants, les week-ends pour être un gentleman-farmer comme les hommes des magazines britanniques qui portaient des bottes de pluie en s'occupant des rosiers de leurs grandes propriétés. Il était sensible et tendre. La seule fois où elle avait vu une autre facette de lui, c'était lors de leur lune de miel (ils ne pouvaient se permettre qu'un séjour). Un soir, ils ont fait des folies pour dîner dans un vignoble local. Le chef a servi de la daurade avec de la mousse hollandaise et des fèves géantes roulées dans du beurre. À une table voisine, un homme ivre se moque de leur serveur, qui est malentendant. Le visage de John s'assombrit et il observa l'homme ivre se lever pour partir, jeter sa serviette sur le chemin de l'homme, puis se retourner vers les haricots tandis que l'homme trébuchait sur le linge doux et tombait comme un chêne. L'homme se cassa une dent et s'écorcha le coude au point d'avoir besoin d'un bandage. Quelqu'un avait dû voir John jeter la serviette, Caitlin en était certaine, mais personne n'avait rien dit. Lorsqu'elle s'est souvenue de l'incident plus tard, elle a imaginé que si quelqu'un l'avait remarqué, il aurait ressenti la même chose qu'elle. Que le type ivre était un connard. Qu'il l'avait bien cherché.

«Cette pièce est aussi grande que notre appartement actuel», déclare John en se frottant les paumes. «Il n'est plus nécessaire de monter et de descendre le marbre jusqu'au sous-sol de l'entrepôt.

La paupière de Caitlin tressaillit, un symptôme d'anxiété. Elle aurait ce grand studio et John aurait les tuyaux centenaires, les vieilles salles de bains, la cuisine démodée - tout cela pour qu'il le répare, lui qui n'avait jamais réparé ne serait-ce qu'une toilette. Au milieu de tout cela, si John n'en faisait qu'à sa tête, ils auraient un bébé.

«Edward, Randall, Nythia...» John lui avait énuméré tous leurs amis la semaine dernière. «Toutes enceintes ou ayant déjà des enfants en bas âge», avait-il dit, comme si la procréation était une course à pied et qu'ils étaient à la traîne. «Tu as dit que c'est ce que tu voulais, une grande maison, des enfants.»

L'avait-elle dit ? Elle *n'avait pas* dit qu'elle n'en voulait pas.

«Il n'y a pas d'autres maisons fantômes sur le marché dans le quartier», dit Ashley. Pendant des semaines, John n'a parlé que de cela. Chaque matin, il déposait un journal ouvert sur l'assiette de la jeune femme. Elle prend son café et soupire en lisant l'histoire d'un fantôme qui a sauvé un enfant de deux ans de la noyade dans la piscine de la famille dans le New Jersey. La semaine dernière, un article affirmait que l'une des héritières Lauder avait emménagé dans une maison fantôme dans l'Upper West Side de Manhattan. Il a ajouté des rapports Internet citant des études montrant que les fantômes contribuaient à prolonger la vie des personnes âgées et des publicités Facebook soulignant les avantages des fantômes en tant que compagnons gratuits et constants pour les octogénaires, sans le désordre des animaux de compagnie.

À moins que quelqu'un dans les nouvelles maisons ne meure tragiquement et rapidement, la maison de Caitlin et John serait l'une des deux seules maisons fantômes de la région. L'agent les laisse seuls pour parler.

«Le fait est que nous serions fous de ne pas l'accepter», a déclaré John.

Le fantôme n'aimait pas Caitlin, elle l'a vu tout de suite. Il a attendu que John parte pour Home Depot et que Caitlin soit assise devant une plaque de quatre par quatre en marbre Tennessee pêche foncé pour que la pièce Powell renverse le vase à bourgeons sur la table de la cuisine et arrache chacun des pétales de la tige.

Le projet Powell semblait mal parti. M. Lamott, le gérant du Powell, a insisté pour visiter le studio en personne avec Caitlin dans l'appartement avant de verser l'acompte. Il portait un costume noir et une cravate noire fine comme un crayon, et ses dents étaient minuscules. On aurait dit qu'il n'aurait pas hésité à tuer une personne avec une batte de base-ball.

Comme si l'image de M. Lamott l'avait invoquée, un son a retenti au-dessus de la tête de Caitlin, comme si un corps tombait sur le sol. Caitlin agrippa le bout de la table et se prépara à ce que le plafond s'écrase sur sa tête. Les étagères métalliques le long du mur tremblèrent légèrement, comme si un train était passé. Le bruit se répéta encore et encore. *Un bruit sourd. Un bruit sourd. Toc-toc.* Caitlin s'imagina que le fantôme soulevait et écrasait quelque chose - comme un ballon de médecine avec des parties en cuir et des coutures blanches.

Elle s'affaisse dans le canapé de velours qu'elle a récupéré de l'appartement. De toute façon, quelque chose ne tournait pas rond dans son travail. Dans l'appartement, avec son travail qui tombait dans le salon, ses outils dans un seau blanc près de la bibliothèque, elle se sentait encore comme une étudiante - sans pression pour créer une pièce parfaite. Elle n'avait pas l'habitude des communiqués de presse, des commandes, des échéances des galeries. Au cours des sept dernières années, elle a donné des cours d'art à l'université municipale. Elle tenait le bar de la Brasserie deux soirs par semaine pour payer la moitié du loyer. Elle regardait les visages s'allonger comme des figures de Modigliani dans les miroirs dorés tandis qu'elle embrochait des olives sur des bâtonnets, la machine à expresso sifflant en arrière-plan. Le temps passé à la Brasserie l'a vidée, l'a laissée ouverte pour parler à la pierre le lendemain. Le fait que ses figures abstraites de Perséphone, Nyx et Asteria se vendaient maintenant pour 5 000 dollars, puis 10 000 dollars, puis 10 000 dollars, puis 10 000 dollars, et enfin 10 000 dollars, lui a donné l'envie de parler à la pierre le lendemain.

La somme de 25 000 dollars l'étonne et la terrifie.

Et maintenant, 60 000 dollars pour les Powell.

Caitlin tourna à nouveau autour de la pierre. Elle n'avait été bloquée qu'une seule fois, lors de sa dernière année d'études. Après une critique acerbe de la part d'un galeriste que le professeur avait invité à voir les travaux d'étudiants prometteurs, Caitlin s'était essayée à une vie sans art. Pendant les quatre premiers jours de son exil auto-imposé, elle est allée à la salle de sport, a déjeuné chez Mod Pizza avec des amis et a participé à un tournoi de ping-pong dans une fraternité, pensant qu'elle pourrait avoir envie de voir ce qui s'était passé pendant toutes ces années alors qu'elle passait toutes ses nuits dans les ateliers d'artistes. Rapidement, elle a commencé à se sentir mal. Sa peau a pris une teinte grise et des boutons sont apparus. Elle avait faim, mais elle était ballonnée dès qu'elle mangeait. Elle n'arrivait pas à chier et a passé une heure terriblement embarrassante au service de santé des étudiants pendant qu'un interne lui faisait suivre un protocole humiliant pour se débarrasser de l'impact. La tentative a échoué. Désespérée à l'idée d'aller à la selle et de finir par dormir, Caitlin s'est affalée dans le studio. Il n'a fallu que quinze minutes. Elle a frissonné au-dessus de la cuvette dans la salle de bains pendant que deux semaines de selles accumulées sortaient de son trou du cul. Elle est rentrée chez elle, a dormi douze heures, et quand elle s'est réveillée, le soleil traçant des lignes à travers le couvre-lit, elle s'est mise à genoux et a dit à la muse ou à toute autre puissance universelle qui dirigeait ce genre de choses : «Je suis à toi. Je te donnerai tout. Je n'abandonnerai plus jamais.»

Jusqu'à ce qu'elle emménage dans cette grande maison pleine de courants d'air, la pointe d'acier, son ciseau préféré, lui faisait l'effet d'un long sixième doigt. Elle tenait la pointe contre le côté d'un nouveau morceau de pierre et la pierre lui indiquait où marteler et couper. Aujourd'hui, elle a marché pendant des heures autour du marbre, caressant de la paume de la main la pierre d'un bleu sombre, tandis que le fantôme frappait cet objet au-dessus de sa tête. Maintenant, ses doigts ressemblaient à des boutons.

Elle cuisinait des petits pois et des pâtes au beurre pour le dîner, comme une enfant. John se plaint qu'elle ne veuille même pas s'asseoir avec lui pendant qu'il mange le filet qu'il a acheté chez le boucher bio qu'il a trouvé sur la 26e rue.

«Lorsque vous mangez de la viande, la peur de l'animal au moment où il a été tué se transfère dans votre corps», explique Caitlin. Elle avait déjà dit à John que pour créer son art, elle avait besoin de maintenir son énergie légère, sa vibration élevée.

À neuf heures, elle s'est allongée seule sur le matelas dégarni, trop fatiguée pour sortir les draps du sèche-linge, tandis que John regardait la télévision en bas. Il avait déjà déballé ses poids libres et leurs appareils de cuisine. Ses modèles réduits de voitures étaient époussetés et rangés par ordre de valeur sur les épaisses étagères de la chambre d'amis.

Lorsque ses yeux se sont fermés, elle a revu les piles de cartons qui tapissaient les murs de son atelier, lui faisant honte. Des livres d'art, des rifloirs, des râpes, des burins, des cales en silicone, des gants anti-vibrations, des carnets de croquis et des plateaux de fusains qui s'étaient probablement cassés pendant le transport. Elle entendit une piste de rire, puis le carillon de l'introduction d'une émission policière. Elle n'a rien fait de la journée et pourtant elle est épuisée.

Toute la nuit, il y a eu des hurlements dans le grenier. Des bruits terribles, comme si on écoutait quelqu'un vomir.

«J'ai bien dormi», a déclaré John le lendemain matin. «J'ai juste fait abstraction de tout ça». Caitlin a pressé une poche de glace sur le côté de sa tête et a marché.

de l'autre côté de la rue, dans l'autre maison fantôme de leur quartier.

«Oh non, notre fantôme ne fait rien de tel», a déclaré la voisine, qui s'appelait Tonya, lorsque Caitlin lui a parlé des bruits sourds et des hurlements. «Nous ne vivrons plus jamais dans une maison sans fantôme». Elle se versa du thé glacé dans un pichet sur lequel flottaient des citrons et tendit le verre à Caitlin.

Le fantôme de Tonya était respectueux de la famille - magnanime, même. Il patrouillait dans la maison la nuit, nettoyait les dégâts, rembourrait les oreillers et disposait même des fleurs dans un vase s'ils en déposaient sur le comptoir.

«Il a aidé à souffler les bougies lors de l'anniversaire d'Amina l'année dernière.

Caitlin regarde les enfants de Tonya grimper sur les poutres d'une maison de jeu en bois dans le jardin. «Pourquoi seuls certains fantômes restent-ils dans une maison ? «Les gens meurent tout le temps chez eux.

Les yeux de Tonya s'illuminent. «Il y a tellement de choses à apprendre quand on a un fantôme. Par exemple, si le fantôme s'attache à une maison, les personnes qu'il a laissées derrière lui peuvent lui rendre visite un jour par an», dit-elle. «Tout le monde s'attend à ce que le jour de la visite soit Halloween ou le 1er novembre. Mais c'est le 15 mai.

Douze personnes de la famille du fantôme de Tonya s'étaient présentées au mois de mai précédent. «Je n'ai vu personne rendre visite à ton fantôme», dit Tonya. «C'est tellement triste pour elle.»

Le lendemain, John est rentré à la maison avec des fleurs enveloppées dans du papier brun et de la cellophane : des pétales orange citrouille, des étamines couvertes de pollen. «Pour t'inspirer», dit-il. Caitlin a bloqué sa mâchoire et a cherché un vase plus grand dans le fond de l'armoire. Le fantôme attendit qu'ils s'endorment, puis déchiqueta les fleurs dans le broyeur à ordures. Pendant que Caitlin rendait visite à Tonya, le fantôme avait jeté son carnet de croquis dans l'évier de la salle de bains et laissé couler l'eau. Caitlin avait séché chaque page avec un sèche-cheveux, mais le crayon s'était estompé dans le papier, de sorte qu'elle ne pouvait plus voir les lignes individuelles.

Son téléphone a sonné. M. Lamott, le directeur de la maison Powell, a demandé des nouvelles. Elle a commencé à rédiger un texte, puis s'est arrêtée. Il lui avait donné quatre semaines, il n'en restait plus que deux. Elle a retourné son téléphone sur la table en verre que John avait achetée dans un magasin de dépôt-vente. L'œuvre doit mesurer au moins un mètre de haut, avait précisé M. Lamott. Elle devait orner le hall d'entrée de la nouvelle maison des Powell à Greenwich. Caitlin a poussé le marbre hors de l'atelier et dans le salon sur un chariot et a essayé de recréer l'atmosphère de la maison des Powell.

L'appartement, avec ses meubles exigus et la lumière blanche et propre qui se répand sur la moquette, était jaune et obscurcissait les fenêtres bordées de plomb. La lumière était jaune et obscurcissait les fenêtres bordées de plomb. La pierre refuse de parler. Elle s'était forcée à faire au moins une entaille avant que John ne revienne sur le côté gauche de la pierre et l'avait instantanément regretté. Le trou était béant comme une dent arrachée.

Le fantôme s'est déplacé sur le plafond du salon, juste à l'endroit où Caitlin était assise, et a commencé à laisser tomber le ballon de médecine au-dessus de sa tête.

«Je n'en peux plus», a déclaré Caitlin lorsque John est revenu d'un atelier sur la plomberie.

«Le fait est,» dit John, «que la maison prend de la valeur de jour en jour.»

Il lui tendit un magazine en papier glacé qu'il avait pris dans le présentoir de l'épicerie. Une étude de Cambridge a montré que de grandes quantités de matière noire traversaient le corps humain chaque semaine et qu'elles étaient désormais considérées comme la cause de sept souches des cancers les plus courants, ainsi que de la démence et de la maladie de Parkinson. Les fantômes, transparents et incapables de rayonner, absorbent 80 % de la matière noire présente dans une maison. Comme un purificateur d'air cosmique, ils pourraient aider les humains à vivre en moyenne dix ans de plus.

Une décennie de plus avec vos proches est désormais un slogan sur les panneaux d'affichage immobilier. Les maisons fantômes se vendaient avant même d'être sur le marché pour des dizaines de milliers d'euros de plus que le prix demandé. Une vie plus longue et un million de dollars s'ils restaient ne serait-ce qu'un an, pensait John. Remplacer un carnet de croquis et supporter un peu de bruit en échange de toute cette prospérité en valait certainement la peine.

«Je suis bien plus intéressé par ce qui se passe *ici* que par le fantôme, de toute façon», dit John en pressant la cuisse de Caitlin.

Il lui montre une application qu'il a téléchargée et qui lui signale les périodes d'ovulation.

L'esprit de Caitlin a sauté à l'étage, dans la chambre nue de la pré-maternelle. Avait-on le droit de dire oui à quelque chose et d'en changer son esprit par la suite ? Caitlin supposait que lorsqu'ils auraient été un peu plus avancés dans leur mariage, le désir se serait manifesté. Elle n'avait jamais été contre les enfants, mais elle n'avait pas non plus compris ce que l'art lui demandait.

Elle avait regardé un documentaire une fois. La caméra suivait un groupe d'artistes, principalement des peintres, qui étaient étirés et hagards et qui avaient l'énergie de chiens errants à la recherche de nourriture. Ils travaillaient au milieu de la nuit, une fois les enfants endormis, certains se réveillaient avant l'aube pour aller travailler, et l'un d'entre eux, qui avait un minuscule appartement à Manhattan, écrivait assis sur les toilettes de 4 à 6 heures tous les matins, pendant que le reste de la famille dormait. Caitlin a lu que Shirley Jackson parvenait à s'occuper de ses quatre enfants et à écrire ses livres en prenant du speed, ce qui lui a provoqué une crise cardiaque. La maternité l'a en fait tuée.

Caitlin savait que ces pensées étaient hyperboliques. Les gens embauchent des baby-sitters ou des nounous. Les femmes de la documentation n'étaient pas des femmes de moyens. Elles avaient dû tout faire elles-mêmes et en avaient souffert. Égoïste est le mot que John utiliserait, que la mère de Caitlin utiliserait. Elle était égoïste. Pour le temps, pour l'espace, pour le calme, pour l'espace limbique du cerveau mou qu'elle était désormais libre d'utiliser quotidiennement et d'où provenait tout l'art. Elle n'a jamais été une artiste de commande. Sa vision artistique est née de cet état de rêve éveillé, de la marche sans but devant les sycomores du parc et du crissement des feuilles sous les semelles en caoutchouc de ses chaussures. Elle craignait que la muse qui avait réclamé Caitlin ne la partage pas.

Mais tout cela n'aurait aucune importance pour John. Il nierait la réalité, à savoir que ses commandes d'œuvres d'art payaient désormais leur vie et que si elles disparaissaient, ils n'auraient plus rien. Elle avait dit «oui» à John et à son rêve de fonder une famille. Elle a donné à John la possibilité de se réapproprier son enfance. Elle voyait tous les jours les blessures de John. Elle a vu les blessures de John tous les jours, son visage se tordre lorsqu'il a vu un petit garçon tenir la main de sa mère au parc. Le cancer des ovaires pour sa mère, le blastome basal pour son père, un ami d'université écrasé par un chauffard ivre. Il a porté tout cela comme une malédiction. L'arrière-grand-mère de Caitlin avait vécu jusqu'à quatre-vingt-dix-huit ans. John l'avait choisie pour ses bons gènes. Dans la suite de John, personne n'est mort. Tout le monde est resté.

Caitlin s'imaginait en train de descendre les escaliers en traînant une poussette, tandis qu'un fantôme volait autour d'elle et devant elle, lui bloquant le passage, projetant des cartons de lait maternisé sur le sol. Tout le monde disait que le mariage ruinait le sexe, mais elle craignait que la maternité ne tue l'art. Tout ce don insatiable de soi, de son temps, de sa créativité. Elle se voyait à quelques mois de l'enfance du bébé, son énergie s'épuisant et se vidant.

Caitlin s'est excusée, est passée devant la salle de bains et a pénétré dans le panache de diesel froid du garage. Elle a attrapé un paquet d'aluminium dans la boîte à gants de sa Buick, a avalé une pilule bleue aussi petite qu'une virgule, et est rentrée à l'intérieur pour faire l'amour avec John.

———

«Peut-être devrions-nous consulter un endocrinologue», a déclaré John. «Nous pourrions nous le permettre maintenant. Sunish et Nythia ont eu des jumeaux par FIV».

Ses yeux s'illuminent. Des jumeaux seraient encore mieux qu'un seul enfant, a-t-il dit. Une grossesse, deux enfants. Si elle continuait à prendre des commissions, ils pourraient se payer une école privée. Une telle abondance.

Cette nuit-là, le fantôme a gémi de 5 heures à 8 heures du matin. Lorsqu'elle s'est enfin tirée du lit, elle est entrée dans la table de nuit

et regarda une ecchymose violette s'étendre sur sa cuisse.

«Le truc, c'est qu'on peut arranger ça. Je viendrai te chercher un casque anti-bruit», a dit John lorsqu'il est parti faire ses courses.

Plus tard, il allait clouer Smartwall pour finir le sous-sol ; le vendeur de Lowes lui avait dit que c'était facile à installer.

Caitlin fixe le morceau de marbre. La pièce était maintenant une plaque d'un mètre cinquante de haut, avec des moignons en guise de bras et une tête difforme. M. Lamott avait laissé deux autres messages et demandé une photo pour montrer les progrès accomplis. Caitlin avait laissé la batterie du téléphone s'épuiser jusqu'à ce que l'écran devienne noir.

Par la fenêtre, elle a vu une camionnette blanche s'arrêter devant la maison de Tonya. Un gros insecte - noir, avec des pinces et des yeux de scarabée - recouvrait le panneau plat de la camionnette. Le conducteur portait une combinaison grise et un bidon avec un tuyau noir. Caitlin a attendu qu'il sorte de la maison de Tonya pour l'aborder.

«Vos produits chimiques agissent-ils sur les organismes non vivants ?»

L'homme tourne vers la maison de Caitlin. «Je vois quelque chose», dit-il.

«Là-haut». Il désigne le grenier.

Caitlin rapprocha ses coudes de ses côtes. Le fantôme pouvait-il l'entendre de l'autre côté de la rue ? Elle crut entendre quelque chose s'écraser dans les escaliers. Elle baissa d'un ton et chuchota d'urgence,

«Pouvez-vous éliminer d'autres entités ? Des esprits frappeurs ? Des fantômes ? Vous savez...» Elle bougea la tête d'avant en arrière comme si elle secouait la neige de ses épaules. «Fantômes ?»

L'homme crache un chewing-gum rose dans un emballage. «Je

me débarrasse des insectes», dit-il. «Je pourrais vérifier s'il y a des termites dans vos murs.»

En l'absence de Caitlin, pour punir son enquête, le fantôme s'était attaqué à la cuisine - il avait renversé toutes les boîtes de céréales du garde-manger sur le sol, créant un tapis d'avoine et de graines de lin, et avait dégondé la porte latérale de la cuisine. L'entrebâillement de la porte a laissé un trou semblable à un tunnel ferroviaire. Une bande d'écureuils, de geais bleus, de pinsons et un rouge-gorge avaient envahi et chié sur la nouvelle ardoise grise.

Il a fallu deux heures à Caitlin pour nettoyer. Elle ne parviendrait jamais à effacer les marques de griffes d'oiseaux sur l'ardoise. Elle aurait dû laisser le désordre à John, mais elle avait besoin d'une excuse pour ne pas travailler.

Avant le déménagement, elle n'avait souffert que du trop-plein d'idées : des formes et des statues avaient surgi de derrière les buissons, dans l'embrasure de la brasserie, dans l'air devant ses yeux. Aujourd'hui, privée d'inspiration, elle reprenait les vieux comportements superstitieux de son enfance, franchissant les portes de travers, enjambant les fissures des trottoirs, et ne trouvait toujours qu'un espace vide et vierge à l'intérieur de son cerveau. La cohabitation avec le fantôme l'avait rendue muette.

———

Caitlin a fait des recherches en ligne et a trouvé une notice nécrologique pour l'adresse de sa maison dans l'*Oban Sentinel*.

Mary Ann Sinclair, quarante-six ans. Décédée d'un traumatisme crânien.

Un intrus avait laissé une empreinte de pas de taille 12 sur le parquet de la chambre avant de sauter de la fenêtre du deuxième étage de la chambre. Il n'a jamais été retrouvé. Le mari de Mary Ann, Samuel, et sa fille, Anna Lee (onze ans), se trouvaient dans la ville voisine pour assister à un match de basket.

Caitlin monta les marches jusqu'à la porte du grenier. Le bois était si vieux qu'il était presque bleu, comme une illustration d'escalier de grenier dans un livre au lieu d'un véritable escalier.

Elle n'entend rien derrière la porte fine.

«Je peux peut-être vous aider à retrouver votre famille», dit Caitlin, suffisamment fort, espère-t-elle, pour être entendue à travers le bois. Elle raconta au fantôme la journée du visiteur. «Il y a quelque chose qui dit que le voile entre le monde des vivants et celui des esprits est mince à cette époque. J'ai pu localiser votre mari et votre fille. Vous les amenez ici ?»

Le grenier possédait un calme si complet qu'elle pouvait entendre, par contraste, le bruit d'un pivert dans le grand chêne devant la maison. Caitlin pressa ses mains contre le bois, qui était chaud. Elle ressentit une vague d'humidité qui lui rappela qu'elle se tenait sur un quai du sud de la Floride, un endroit salé où ses parents l'avaient emmenée une fois en vacances et où elle ne pouvait aller nulle part sans que le sable ne s'engouffre dans les plis de ses coudes et à l'intérieur de ses sous-vêtements. Elle resta debout à penser à cet endroit, à l'espadon tiré de la mer sur des hameçons ensanglantés, puis cuit sur des charbons brossés avec des branches de romarin.

La porte du grenier devant sa poitrine se fendit comme si un pied avait donné un coup de pied dans les planches. Elle ne voyait pas de pied, mais seulement l'effet d'un pied : l'odeur de la sciure, du bois fracturé. Caitlin courut. Son cri se logea dans les muscles de sa gorge.

«Nous devons partir», dit Caitlin.

«Je vais réparer la porte du grenier», dit John. «Le fait est que j'ai juste besoin de six mois de plus pour retourner la maison. Je t'ai soutenu toutes ces années avant que tu ne vendes quoi que ce soit.»

La nostalgie de Caitlin pour cette époque est venue comme une faim. Des après-midi spacieux et vides, avec pour seul bruit celui de la meule et du marteau de gravure craquant contre le marbre.

John rentrant chez lui après avoir enseigné l'éducation physique à des groupes d'élèves adorés et en sueur.

La fantomologie est un domaine en plein essor. Le Rhine Center de Duke était ouvert depuis des années, mais Harvard proposait désormais un programme de maîtrise, et Amherst, Stanford et UCLA avaient suivi. Caitlin a pris son ordinateur portable dans la salle de bain, a rempli un formulaire et a payé 97 dollars en ligne.

Le rapport du Dr Moore de Southern Cal est arrivé dans sa boîte de réception le lendemain matin.

Le seul moyen d'éliminer le fantôme est de procéder à un fléau. L'esprit se désintègre en sous-matière et est aspiré par un tube dans un conteneur qui sera éliminé par satellite. Le processus est désagréable. Le fantôme est désagrégé petit à petit. Nous pensons qu'il ressent la même douleur qu'une personne vivante. Nous ne savons pas si le processus de désintégration modifie quoi que ce soit au niveau de l'âme. Il ne s'agit pas de se débarrasser d'un corps, mais de travailler à un niveau supérieur au niveau somatique. C'est pourquoi nous recommandons d'essayer par tous les moyens de cohabiter harmonieusement.

Caitlin a senti la peur lui taper sur les reins. Ce type de responsabilité ne l'intéressait pas. Le fantôme était déjà mort et maintenant, si elle faisait ce fléau, Caitlin serait l'agent d'une action pire que le meurtre : interférer avec l'immortalité d'une âme.

Un grand coup de pied dans le grenier. Le plâtre du plafond tombe comme de la neige. Un morceau de plâtre heurta le clavier et gicla sur le visage de Caitlin. Les yeux de Caitlin piquaient. Ses poumons se remplirent de poussière. Elle quitta la pièce en courant, laissant l'ordinateur enseveli sous les cendres.

———————

«Le problème, c'est qu'un fléau va ruiner l'investissement», dit John, blessé qu'elle ait commandé le rapport du Dr Moore.

«Si je ne termine pas cette commande, nous ne pourrons pas payer notre hypothèque». Jean boude et réorganise bruyamment ses outils sur sa ceinture.

Caitlin se demandait s'il avait aussi consulté la nécrologie de Mary Ann. Mary Ann avait été séduisante avant de mourir. Le genre de peau olivâtre et d'yeux verts que l'on retrouve chez les deux femmes que John a fréquentées avant Caitlin. La semaine dernière, une femme du Montana était passée à la télévision pour décrire la rencontre érotique qu'elle avait eue avec le fantôme qui vivait dans sa maison. Peut-être que John voulait baiser Mary Ann.

«Même avec quatre mois de plus, la vente nous rapportera six chiffres», affirme John. Son téléphone a émis un bip comme un train. «Le message indiquait en lettres roses : «Ovulation ! Lorsqu'il secoue le téléphone, des confettis pleuvent sur l'écran.

Ils ont fait l'amour, d'abord de façon mécanique et ennuyeuse. Puis le visage de John est devenu flou. Caitlin s'est imaginé qu'elle baisait un exterminateur de termites, avec ses mains nucléaires tachées de produits chimiques qui lui grattaient la peau. Elle a joui très fort. Après, elle est allée au garage et a avalé sa pilule.

———————

L'avocat des Powell a envoyé un courriel le lendemain matin. Nous prévoyons une livraison à temps dans sept jours, conformément à l'accord juridique que vous avez signé à cet effet.

«Quatre mois», dit John. «Dans quatre mois, nous pourrons mettre la maison sur le marché.»

Il glisse un sandwich et une orange dans un sac en papier avant de partir pour un séminaire sur la cuisine et la salle de bains dans un hôtel proche de l'aéroport, à une trentaine de kilomètres de là. «Je rentrerai tard.

Caitlin attendit que sa voiture tourne dans leur rue. Elle a enfilé une paire de gants de jardinage sur ses mains et a choisi le gros maillet de sculpture de son atelier. Elle se mit des lunettes de protection sur les yeux. Elle tint la pointe, son doigt de pierre, assez fort pour fendre la roche.

Elle a passé en revue les étagères du bureau. John y a rangé ses voitures par ordre de valeur financière. La Corvette rouge en première place. Elle valait plus de deux mille euros sur eBay, s'était-il vanté auprès d'un voisin qu'il avait fait venir pour voir les voitures.

Caitlin posa la pointe sur le capot rosé du moteur. Retenant son souffle, elle a donné un coup de maillet à l'arrière de la tige. Le métal s'est bien écrasé ; la pointe a perforé le capot comme un pieu dans le cœur d'un vampire. Si une personne miniature avait conduit la voiture, elle aurait été empalée. Elle plaça la voiture sur le sol et frappa la carrosserie avec le maillet. En moins de soixante secondes, la voiture gisait comme un cadavre.

Elle a pris les voitures une à une et a brisé leurs ailes chromées, arraché leurs garde-boue et coupé les ailerons du châssis. Elle a écrasé les pare-brise avec le bout de sa botte. Elle se sentait exaltée et ne voulait pas s'arrêter. Caitlin a vérifié son téléphone. Elle avait le temps. Elle a couru jusqu'au garage, a pris le chalumeau et a brûlé la Chevyl, la première voiture que le père de John lui avait achetée, jusqu'à ce que les sièges soient carbonisés et que l'air sente la cendre.

Elle tâta l'air pour voir si elle pouvait sentir Mary Ann dans la pièce. «Tu aimes regarder ou tu aimes juste faire la destruction ?»

Caitlin a criée.

Le sol était jonché d'ailes, de capots et de roues abîmés, une apocalypse en miniature. Elle s'est demandé ce qui serait le plus perturbant pour John : laisser tout le bureau plein d'éclats de métal et de carcasses de ses voitures, ou les aligner à nouveau sur les étagères, mutilées et brûlées ?

———

John a fait un bruit d'oiseau mourant lorsqu'il a vu les voitures.

«Nous devons partir», dit Caitlin. «Elle va détruire toutes les bonnes choses que nous avons.»

John serra le capot calciné de la Corvette contre son cœur et s'allongea, la poitrine enfoncée dans les genoux. Caitlin ouvrit les fenêtres. Elle fit tourner un ventilateur contre les lambeaux de métal pour voir si elle pouvait renvoyer l'odeur dans la nuit. Elle se demanda si elle n'avait pas agi trop vite. Peut-être que John aurait concédé la maison si elle n'avait détruit qu'une seule voiture.

John a refusé de quitter la pièce. Caitlin se sent coupable et excitée. C'était peut-être ce que voulait Mary Ann. Enseigner à Caitlin le pouvoir de la destruction pour qu'elle se sente vivante. Les doigts de Caitlin bourdonnaient comme si elle s'était électrocutée sur un interrupteur. Elle avait vu quelque chose commencer à bouger entre les éclats de métal et la peinture de la maquette. Quelque chose de rapide et de fulgurant, comme l'éclair argenté du flanc d'un poisson. Une forme, une série de formes. La pièce Powell. Elle savait comment la terminer.

———

Elle a accompagné John jusqu'à la chambre, lui a donné de l'eau et l'a soutenu avec tous les oreillers en duvet. Elle a posé un gant de toilette frais sur son front et a fredonné quelque chose comme une berceuse de Chopin. Elle lui a caressé les cheveux jusqu'à ce qu'il respire plus profondément et que ses yeux bougent sous ses paupières.

Une fois qu'il est sorti, Caitlin fait entrer dans le studio toutes les lampes enfichables qu'ils possèdent. Trois lampadaires et deux spots halogènes du garage. Elle a jeté la pointe et le maillet dans un seau. Elle ramena l'épais marbre dans la salle de travail et le poussa contre le mur. Pêche, rose, blanc crème, la palette était trop faible. Il lui fallait quelque chose de différent. Elle fit le tour de ses autres plaques de marbre, qui restaient immobiles comme des pierres tombales. Elle utiliserait la plus grande pièce qu'elle possédait, une plaque de marbre gris de jais de trois mètres de long, presque noire. Elle n'utiliserait que les pneumatiques, les gros outils.

Le stylo à compression siffle et crache en réduisant des sections de marbre en poussière. En douze heures, la pièce était terminée. Le corps entier a été créé à partir de formes géométriques, de losanges, de cercles, d'ovales et de carrés suspendus en parfaite tension les uns avec les autres.

Le lendemain matin, Caitlin a ressenti la sensation avant d'être complètement réveillée : une douleur dans les seins, la sensation que le sol se déplace sous elle comme si elle était sur un bateau. Le sommet de son crâne la démangeait. Il lui fallut une minute pour situer la sensation. Un enfant qui réveille sa mère dans la nuit. *Maman, je dois...*

Caitlin a vomi et s'est agrippée à l'évier.

Elle regarda John se forcer à sortir du lit et aller à la rencontre de la camionnette de livraison de Smartwall alors qu'il portait encore son pyjama. Sa peau était verte, la lumière était faible derrière ses yeux, comme si son père était mort une fois de plus.

L'étourdissement de Caitlin s'est interrompu à dix heures. Elle avait l'eau à la bouche. Elle mangea une manche de bacon, du bœuf séché, les restes de la côte d'agneau que John avait préparée pour lui-même le samedi. Toutes ces années à éviter cette nourriture alors qu'elle avait besoin de fer, de plaquettes, de tendons et d'os. Mary Ann avait-elle aimé la viande ? Avait-elle cassé et écrasé les affaires de son mari lorsqu'elle était encore en vie ? Caitlin laissa les plats, la sauce brune de la viande comme du sang séché sur l'assiette, dans la salle de bain. Elle s'essuie la bouche, rôde dans la salle de travail, saisit le stylo à compression et tient le marbre noir comme un amant.

Elle a envoyé un message à M. Lamott : «Passez quand vous voulez».

———

À trois heures, elle a vomi toute la viande. Elle se sentait trop étourdie pour conduire et parcourut les dix pâtés de maisons qui la séparaient de la pharmacie. Elle se souvint de son professeur de santé au lycée, un ancien lutteur aux oreilles en forme de chou-fleur et aux yeux qui s'enfonçaient dans la chair de ses joues. «La pilule», leur avait-il lu une brochure. «Efficace à 99 % seulement.» Elle a utilisé les toilettes de la station-service située à côté de la pharmacie. Toilettes froides. Des traces de graisse sur le miroir. Son urine chaude comme de la vapeur.

Deux lignes roses sur un bâton blanc.

———

Le lendemain matin, Caitlin a jeté un drap sur l'œuvre de Powell. Elle s'était promis de monter la garde jusqu'à ce que M. Lamott envoie sa camionnette chercher la sculpture à une date à déterminer par écrit. Elle imaginait le fantôme entrer dans l'atelier en chahutant, lever la scie au-dessus de sa tête invisible et fendre l'œuvre en deux.

Caitlin était assise à la table et passait ses mains sur son ventre. Elle ne pouvait s'empêcher de glousser.

Elle appela Tonya et lui demanda si elle voulait envoyer les filles chez elle - sortir et faire quelques courses ou quelque chose comme ça. Dans son salon, Caitlin tresse les cheveux des filles. Amina et Lakisha, lui dirent poliment leurs noms. De superbes petites filles avec des cheveux comme du caramel filé et des mouchetures d'or dans leurs iris. Elle n'avait jamais vraiment regardé les enfants de Tonya. Tous les enfants étaient-ils aussi beaux ?

Caitlin a trouvé une poubelle contenant ses vieilles fournitures artistiques : des crayons de couleur cassés, des marqueurs aux pointes sèches, un pot d'argile presque trop sec pour être utilisé. Elle humidifie l'argile avec des gouttes d'eau provenant du robinet et place des objets sur la table - elle leur montre comment faire la forme sans quitter des yeux la scène qui se déroule devant eux, comment modeler l'argile sans regarder leurs mains. Ils ont appris à faire la forme sans quitter des yeux la scène qui se déroule devant eux, à modeler l'argile sans regarder leurs mains. Une poupée d'anatomie, un vase de fleurs, des clémentines qui roulent sur la table.

«Magie ! cria Lakisha.

Caitlin n'avait jamais pensé qu'elle voulait cela. Qu'elle ressentirait une telle joie.

———

Lorsqu'ils sont partis, elle a rallumé la lumière dans la salle de travail et a retiré la feuille de la pièce Powell. Comment se fait-il qu'elle n'y ait pas pensé plus tôt ? Réduire le corps à une pure forme géométrique ?

Elle a décidé que le bébé l'aidait.

M. Lamott a envoyé un message texte indiquant que les hommes seraient là pour récupérer la sculpture le lendemain après-midi à 16 heures. Ce n'est qu'à ce moment-là, alors que le spot au sol éclairait la tête ovale et dentelée, que Caitlin a reconnu le silence qui régnait dans la maison. À quand remontait la dernière fois qu'elle avait entendu un *bruit sourd* ? Depuis qu'ils avaient emménagé, le fantôme n'avait jamais permis un tel calme. L'absence de bruit la troublait. Elle avait lu que les chiens pouvaient sentir la grossesse d'une femme. Les fantômes pouvaient-ils aussi détecter les augmentations d'œstrogènes, de pro-gestérone ? Caitlin saisit le bord argenté de l'escabeau de sculpture à côté d'elle.

Caitlin s'imaginait en train de descendre les escaliers en luttant avec une poussette, le ventre rond comme un ballon de plage ; une bouffée d'air chaud derrière son cou et puis, sans aucun moyen de s'arrêter, son corps en vol. Après, du sang coagulant entre ses jambes, une tache sombre de la forme d'un lac sur le parquet.

Le fantôme le prendrait. Sa sculpture, son bébé, tout ce qui lui apportait de la joie. Caitlin essaya de tirer le matelas de la chambre d'amis dans le couloir. Elle aménagerait une pièce dans le studio. Pas d'escalier jusqu'à ce que John et elle quittent cette maison. Le matelas était encombrant. Ses avant-bras commencent à transpirer. Les femmes enceintes ne sont pas censées soulever quoi que ce soit de lourd, elle l'avait lu quelque part.

Tonya était heureuse de recommander un homme à tout faire. James est arrivé avec des bottes de travail et la même ceinture d'outils que John portait tous les jours à la taille. James a traîné le matelas dans le studio. Caitlin ajouta un oreiller et un jeté du salon.

«Le fantôme va abîmer la sculpture», dit Caitlin à John lorsqu'il regarde le matelas par terre. «Je dois la garder.

«Le problème, c'est que l'on devient de plus en plus fou chaque jour», a-t-il déclaré.

«Nous sommes tous fous», dit-elle. Elle a fait semblant de rire. Comme si elle avait fait une blague. Elle n'était plus sûre ni de l'un ni de l'autre. En regardant la commission Powell ce matin-là, elle avait l'impression que le fantôme planait au-dessus d'elle, qu'il la guidait, l'assistait.

Elle lui parlerait du bébé - de la vraie raison pour laquelle elle ne voulait pas s'approcher des escaliers - demain. Ou peut-être dans quelques jours. Après être allée chez le médecin et avoir passé un test officiel. Mais pas tout de suite.

Caitlin ne sait pas trop où elle se trouve dans l'espace. L'air est rose et opale, comme l'intérieur d'un coquillage. La dernière chose dont elle se souvient, c'est du papier de verre dans sa main. Une petite aspérité à polir. Un souffle d'air, son pied qui glisse sur le métal brillant.

Sa tête lui fait mal, son ventre aussi. Son ventre ! Sa main bouge lentement, comme dans l'eau, mais elle sent la bosse ronde. Elle est plus grosse maintenant ! Combien de temps a-t-elle dormi ? Mais oui, elle est toujours enceinte. Le fantôme a manifestement fait quelque chose. Il a changé de fréquence, n'est-ce pas ce que Tonya a dit qu'ils pouvaient faire ? Jeter une sorte de voile énergétique sur la maison.

Caitlin n'entend rien. En fait, ses oreilles sont bouchées. Elle tend la main mais ne trouve pas ses oreilles.

Mary Anne ! Elle appelle, mais aucun son ne sort. Ce n'est qu'un rêve, idiot.

Elle peut voler dans ce rêve. C'est amusant. Sa robe rose caresse le et lui chatouille les aisselles. Elle est tellement enceinte qu'elle sent la tête du bébé appuyer sur son col de l'utérus. Elle peut voir à travers les planchers et les murs. Elle voit John se déplacer en bas de la maison. Il entre dans son studio. Il écarte le rideau de Hera. C'est ainsi que Caitlin l'a appelée. La femme forte et fière de Zeus. Il remet la bâche en place d'un coup sec. Il n'a pas été impressionné, devine-t-elle, mais il n'a jamais compris l'art. Le temps d'un clin d'œil, elle peut voir ce qui se passe dans sa tête, comme dans un film. Il la voit sur la couverture d'*Art America*. Elle sourit à côté d'Héra dans le catalogue de Sotheby's. Les images dans son cerveau disparaissent alors, mais Caitlin sent une accélération dans ses côtes. Elle le voit aussi.

Quelque chose d'extraordinaire va se produire pour eux. Elle parlera à John du bébé et lui dira qu'elle comprend qu'ils peuvent y arriver. Elle recevra plus de commissions. Il pourra s'occuper du bébé pendant qu'elle travaillera. Ils pourront nettoyer le jardin, installer une piscine l'été prochain.

Il se penche maintenant vers quelque chose. Le seau blanc, où elle range ses outils pour les nettoyer. Il gratte quelque chose au fond du ciseau. Rouge pomme d'amour. Vert de course britannique. *Je ne voulais pas dire ça*, essaie de crier Caitlin. C'était le fantôme, je n'étais pas moi-même. Il n'a même pas l'air contrarié. Il parle mais elle ne l'entend pas. Elle imagine les mots. Le fait *est*, *Caitlin*, que je te pardonne.

Il sort un tournevis de sa poche. Il est si gentil, il resserre les vis de son échelle. Il veille à sa sécurité. Elle regarde la tête Phillips jaune tourner dans ses mains comme un prisme.

C'est une autre journée, plus loin dans le printemps. Les buissons d'hortensias et d'azalées bourdonnent d'abeilles. Une jeune et jolie agente immobilière, vêtue d'une robe bleu marine, accompagne un couple jusqu'à une maison située de l'autre côté de la rue. «C'est une maison en A, avec trois chambres et quatre salles de bain, à moins d'un million d'euros», dit la jolie agente immobilière à la femme. «C'est bien, mais j'aimerais pouvoir vous offrir celle-là». Elle pointe du doigt la fenêtre où se tient Caitlin. «La femme était une sculpture. Son mari l'a retrouvée. Elle est tombée d'une échelle et s'est cassé la tête sur le coin de la table. Hémorragie cérébrale. Le *Times* a publié un article - peut-être l'avez-vous vu».

L'agent a baissé le ton pour cette partie. Les détails graphiques d'une maison fantôme sont souvent le point de départ d'une vente. Le couple se rapprocha jusqu'à ce qu'ils touchent presque ses lèvres rose vif. «Elle était enceinte, voyez-vous. Il ne le savait pas.»

Les yeux du jeune couple s'écarquillent.

«Une maison à trois fantômes. L'agent soupire.

LES GRENOUILLES

Le professeur de français a été licencié lundi. Nous avons supposé qu'elle avait vendu de la drogue ou essayé de coucher avec une élève. Si elle avait effectivement essayé de coucher avec un élève, nous étions jalouses que ce ne soit pas l'une d'entre nous, même les filles. Madame Camille était grande et jeune, avec des ongles rouges vernis et une longue tresse noire qui lui tombait sur l'épaule et le long de son sein gauche. Nous ne savions pas où sa beauté avait été forgée. Chypre, l'Équateur, les Caraïbes sont autant d'hypothèses populaires. Elle portait des baskets à paillettes dorées et avait des taches de rousseur sur l'arête du nez, des yeux qui se situaient quelque part entre le turquoise et le vert noisette. Elle ressemblait aux photos de prédiction de ce à quoi ressembleront les humains dans le futur, lorsque toutes nos races fusionneront et que nous cesserons de nous haïr les uns les autres.

Elle chantait «*Attendez !*» au début de chaque cours. Puis, au lieu de nous faire remplir des feuilles d'exercices sur les noms français des choses qui vont dans la cuisine -*couteau, coullier, un plat*-, Madame Camille nous lisait l'avenir dans un jeu de cartes de tarot. D'autres jours, elle nous conduisait à des états d'hypnose en utilisant une technique de claquement de doigts, ou lisait des textes métaphysiques sur l'utilisation d'un esprit universel, affirmant que de cette façon, nous nous «souviendrions» simplement du français, sans avoir à l'apprendre. Parfois, elle faisait jouer Sophie Alour et Airelle Besson sur des haut-parleurs portatifs et posait sur son *bureau* une nature morte composée d'un grand vase et de quelques *oranges* de travers sur une toile de lin.

«Dessinez», nous disait-elle, même si ce n'était pas un cours d'art. Elle passait entre nos pupitres et s'arrêtait si nous hésitions, sa tresse frôlant nos biceps, sa main recouvrant nos petits doigts.

«*Regardez*», disait-elle. «*Ce que vous voyez.*» Dessinez ce que vous voyez. Et même si nous avions toujours été des artistes médiocres, nos pastels commençaient à voler sur la page. Le vase, les *oranges*, *le bureau* apparaîtraient comme si nous étions possédés par Matisse et nos dessins seraient accrochés dans les couloirs de l'école les jours où l'école ferait des visites.

Mardi, le directeur a annoncé que Madame Camille avait été renvoyée pour avoir volé une des grenouilles de dissection de la classe de biologie. «Je voulais que vous l'appreniez de ma bouche pour que vous n'alliez pas répandre des rumeurs», a-t-il déclaré lors des annonces matinales.

Le samedi soir précédent, à six heures, Madame Camille avait été filmée par les caméras de sécurité de l'école. Elle était une vision granuleuse de la grâce, marchant doucement dans une paire de bottes en peau de serpent dans la salle de classe et se penchant sur le réfrigérateur où M. Haney avait stocké douze grenouilles emballées dans du formaldéhyde pour le module d'anatomie.

Les spéculations vont bon train. «Madame Camille les vendait à l'académie privée pour filles de Clinton parce que les enseignants étaient mal payés.» «Elle a une sorte de fétichisme sexuel.» «Madame Camille fait partie d'une secte et la grenouille faisait partie d'un sacrifice rituel.» «Madame Grenouilles ! Madame Grenouilles !» C'est ainsi que les quelques étudiants qui ont étudié suffisamment le français pour avoir appris le mot «grenouille» ont commencé à se référer à elle.

La théorie du rituel sectaire s'est emparée de nos esprits comme une fièvre. «N'y avait-il pas en Amérique du Sud ou au Mexique des sectes où l'on buvait du sang de grenouille», murmurions-nous dans les couloirs.

Nous étions une demi-douzaine de filles catholiques et nos mères nous avaient dit depuis notre naissance que les rituels païens étaient sataniques et nous enverraient directement en enfer. Nos grands-mères nous racontaient des histoires, avant que l'arthrite, la maladie de Parkinson et la démence ne les emportent. Des choses sur nos ancêtres qui vivaient quelque part dans le ventre de la France et qui aidaient les gens qui ne pouvaient pas marcher ou voir ou avoir des bébés à faire ces choses. Nos mamans lissaient leurs cheveux, portaient des costumes étriqués, achetaient des chaussures bon marché chez TJ Maxx et ne parlaient pas de nos ancêtres, si ce n'est qu'ils avaient tous été de bons catholiques. «Ignorez les ravissements de votre grand-mère», disaient-elles en nous poussant les pieds avec des manches à balai pour nous faire sortir du lit pour aller à la messe le dimanche matin.

Nos mères étaient heureuses qu'aucune femme ne se tienne derrière les autels le dimanche ou n'entende les confessions le jeudi dans l'après-midi dans la lumière poussiéreuse de la sacristie. Marie était le vase. Vide, chaste, visible uniquement pour mettre en valeur le Christ, le chef, la puissance. Ce n'était pas une perte pour nous. Nous n'avions aucun penchant pour la prêtrise ou la chaire. Nous avions des problèmes qu'aucun prêtre ne pouvait résoudre.

Il y avait quelque chose qui n'allait pas dans nos voies neuronales. Certains jours, nous n'arrivions pas à écrire des verbes conjugués ou à schématiser les phases de la photosynthèse sur une feuille de travail. Certains d'entre nous tapaient du pied ou faisaient rebondir leurs crayons sur leurs genoux jusqu'à ce que leurs professeurs les chassent de la classe. On donnait de la Ritaline et de l'Adderall à des enfants comme nous, mais nous n'avions pas de TDAH. Ils ne savaient pas comment appeler ce qui nous affligeait. Nous marchions dans l'école avec des bleus de lune violets sous les yeux, nous clignions des yeux tout le temps et les gens s'écartaient quand ils nous voyaient arriver dans le couloir. Sauf Madame Camille.

«*Mes petites déesses* ! Mes petites déesses», disait-elle avant de nous serrer dans ses bras et d'embrasser nos fronts, de nous donner en douce des massepains en forme de citrons et de petits oiseaux. Nous l'entourions avec reconnaissance, avidité, rayonnant de sa présence comme les explorateurs aux pôles de la terre pendant les mois sombres où ils ne voyaient que rarement le soleil.

«Les six petits monstres poilus», criaient les filles de quatrième en nous jetant des tampons dans le couloir. Jaqueline avait eu ses règles à neuf ans. Nous avions toutes nos règles à dix ans. Des poils foncés, grossiers et bouclés ont poussé sur nos pubis avant que nous ayons terminé notre troisième année d'études. Marie a commencé à boiter. Nos articulations ont gonflé à chaque changement de saison. Nous avons trouvé nos dossiers dans le bureau de l'infirmière. Les médecins ont émis l'hypothèse que nous étions atteintes d'une maladie causée par le lait que nous avions bu dans notre enfance ou par des fluorocarbones qui avaient traversé les couches d'ozone poreuses. Des hormones de vache surdimensionnées pour maintenir la fertilité d'une vache de 400 kilos, afin qu'elle produise du lait et des veaux pendant des années plus longtemps que la nature ne l'avait prévu. Elles pompaient maintenant dans nos reins, transformant nos corps de fillettes en femmes alors que nous collectionnions encore les autocollants à paillettes et que nous lisions *Le Club des baby-sitters*.

Nos mères nous ont emmenées chez des médecins, des endocrinologues, des radiologues. Ils ont mesuré nos ulnas et les ont inscrits dans un tableau à remplir à nouveau dans six mois. Elles nous ont piqué les doigts et les gouttelettes de notre sang coulaient sur des lames de verre pour tester nos taux d'œstrogènes. Ils ont baissé nos pantalons ou remonté nos chemises et pris des photos des poils frisés, comme des animaux de zoo. Nos mères souriaient et disaient que nous étions toujours des enfants de Dieu, mais elles nous regardaient différemment après cela - avec répulsion, avec peur, comme si nous avions fait quelque chose pour provoquer ces seins de bébé plus volumineux, ces poils simiesques.

Les médecins disaient que certaines d'entre nous perdraient un demi-pied de taille parce que les règles arrivaient trop tôt. Problèmes de fertilité, durée de vie tronquée, personne ne savait. À moins de nous bourrer de Triptodur, qui avait pour effet secondaire malheureux la stérilité et des épi-sodes maniaques, il n'y avait rien à faire.

La grande inquiétude, c'est Marie. Elle n'a pas grandi d'un pouce depuis mars dernier et le boitillement a grimpé le long de sa jambe, si bien qu'elle utilise des béquilles la plupart du temps. Si ses symptômes s'aggravaient, on la mettrait dans un fauteuil. Le soir, nous entendions nos mères soupirer dans leur téléphone. Stephen a dit à la mère de Marie que si ses problèmes neurologiques, sa boiterie, les tapotements, ne s'amélioraient pas au cours du mois suivant, il pratiquerait une intervention chirurgicale. Il s'agit d'introduire une longue aiguille dans la chair du cerveau de Marie, jusqu'à la glande pituitaire. Dans le meilleur des cas, son corps cesserait de produire autant d'œstrogènes et elle serait calme, elle marcherait. Dans le pire des cas, c'est à ce moment-là que nos mères ont cessé de parler et nous ont laissés nous tordre dans nos lits et nous réveiller avec leurs yeux rouges et leurs Kleenex en boule sur la moquette.

La semaine précédant le licenciement de Madame Camille, nous avions développé des terreurs nocturnes, perdu l'appétit, jeté les sandwichs au beurre de cacahuète et au miel que nos mères nous tendaient le matin.

«Regarde», appelle Marie dans le couloir après le cours de français. La peur avait disparu de ses yeux. Ses joues se sont empourprées. Elle tenait une petite boîte dont elle nous laissait caresser la couverture de cuir violet. «C'est un cadeau de Madame Camille.

«*Pour mes petites saints*», avait écrit Madame Camille sur une carte blanche collée à l'intérieur de la couverture.

À l'intérieur, des filles plus jeunes que nous, au teint sépia, lévitaient, le dos arqué dans des postures de ravissement, se bilocalisant dans d'autres dimensions. Le verso de chaque carte décrivait chaque fille comme un miracle de sainte. Le thème de beaucoup d'entre elles : les *guérisons spontanées*.

«Ces filles étaient des filles ordinaires comme nous. Elles ont fait appel à une puissance divine et celle-ci est passée par elles. Elles ont créé leur propre magie», explique Marie. Des particules de poussière flottaient dans la lumière du soleil autour de son visage, lui donnant l'apparence d'un pissenlit sur le point d'être emporté par le vent.

«Nous n'avons aucun pouvoir. Tout cela s'est passé il y a des siècles», avons-nous dit.

Marie a tapé «saints modernes» dans Google. «Vous voyez ? Des miracles ont été accomplis cette année par Jean de Padre en Amérique du Sud.

«Nous n'avons pas d'argent pour prendre l'avion pour le Brésil», avons-nous dit.

Nous avons trouvé l'adresse de Madame Camille assez facilement sur Google. Elle nous parlerait des grenouilles, comment les utiliser pour faire un miracle. Après l'école, nous avons pris le bus 121. C'était le printemps et il ne restait que trois semaines avant l'été et le moment où les médecins avaleraient Marie. Nos chaussures de sport laissaient des empreintes de pollen jaune sur le trottoir. La maison était faite de petites briques rouges et de bois bon marché, construite dans les années 50 comme beaucoup de maisons dans notre ville. Deux buissons d'azalées, mûrs pour de grosses fleurs jaunes, flanquaient la porte d'entrée. Nous pouvions voir les minuscules pattes sciées d'au moins trois abeilles lorsque nous nous sommes approchés de la porte. Il n'y avait pas de réponse. Nous nous sommes glissés à l'arrière. Nous espérions trouver un cercle de femmes vibrantes. Rien à voir avec nos mères, leurs costumes étriqués et leurs visages pincés. Non, nous imaginions des femmes rayonnantes en jupes paysannes et bijoux d'araignée, assises le long d'une étoile à cinq branches dessinée à la craie sur l'herbe. Les conseils nous sont donnés à voix basse quand le ciel devient indigo. L'odeur des bâtons de palo santo aux pointes rouges fumantes plantées dans l'herbe. Une imposition des mains.

Un chien aboie. Le jardin est vide. Nous avons jeté un coup d'œil, sur la pointe des pieds, à la fenêtre de la cuisine de Madame Camille. Des rideaux à œillets, un réfrigérateur marron. C'est là qu'elle gardait la grenouille volée, avec ses yaourts Dannon et ses tranches de fromage ? Ou bien avait-elle un congélateur dans le garage ? Dans sa cave ?

Nous pourrions nous rendre utiles, appelâmes-nous à travers la mince porte en bois. Voler plus de grenouilles. Les garçons qui vivaient dans notre quartier savaient comment attraper de petites proies.

Un visage de femme est apparu à la fenêtre, blanc et ridé comme une vieille carte.

«Quittez», dit-elle en frappant de ses mains la fenêtre en verre. Partir.

Nous avons sauté, nous sommes tombés sur les pieds et les jambes des uns et des autres. «Attention à Marie», avons-nous crié.

«Où est Madame Camille ?», avons-nous demandé.

«Elle est à Austin.

Nous avons crié «Texas». Le Texas se trouve à 800 km d'ici. Avait-elle marché ? Pris un lévrier ? Revenait-elle ?

«Nous nous demandions : «Quelle est la prochaine étape ? Nos mères surveillaient l'historique de nos navigations à la maison. Nous entendions les pings lorsque nous nous envoyions des messages, nous savions que nous étions toujours surveillés. Nous avons pris le bus pour nous rendre à la bibliothèque publique, qui était ouverte jusqu'à 20 heures.

Grenouilles, cultes

Grenouilles

La sorcellerie française

Grenouilles, sorcellerie

Nous nous sommes relayés pour taper et prendre des notes.

«Les grenouilles ne peuvent pas supporter un environnement toxique ; elles nous obligent à éliminer la négativité de notre vie. Alchimie intérieure».

Puis un site sous «frogs, healing» (grenouilles, guérison). Des photos juteuses de crapauds psychédéliques du désert de Sonoran sont apparues. «Des glandes multicellulaires situées dans le cou de B. alvarius produisent un venin flegmatique qui contient de grandes quantités d'hallucinogène 5-MeO-DMT. Un alcaloïde à base d'indole produit une expérience de guérison intense d'une certaine durée, sans gueule de bois ni effet nocif.» Nous avons tapé «Sonoran Frogs/DMT» sur YouTube. Une vidéo est apparue en premier, un groupe de jeunes gens assis dans le salon faiblement éclairé de quelqu'un. Un million de vues. Des plantes araignées suspendues et un tapis bordeaux entourent le cercle. Une femme s'est agenouillée devant un petit sanctuaire représentant une grenouille de verre. Un homme psalmodie en espagnol ? portugais ? tandis qu'une musique de bruits de la forêt tropicale est diffusée. L'homme a allumé un bâton et a fait trois brûlures circulaires sur la peau du cou de la femme. Celle-ci a grimacé mais n'a pas crié. Il a tamponné la peau carbonisée avec un abaisse-langue recouvert d'un sirop transparent collant à la fin.

«Vous entrerez dans de nouveaux domaines», a-t-il dit à la femme brûlée. «Vous serez transformée. Tu ne seras plus jamais la même.»

La vidéo montre la même femme en train de pleurer sur une partie du tapis. Elle tient ses genoux contre sa poitrine. Elle crie quelque chose à plusieurs reprises.

Il y avait une autre vidéo dans le même fil de discussion. La même femme portant des marques de brûlures était maintenant assise, dehors, vêtue d'une chemise bleue. «Je ne me suis jamais sentie aussi bien depuis que mon frère a été tué dans un accident de voiture.

Peut-être qu'elle disait «Danny»», a dit l'un d'entre nous. «Peut-être que son frère s'appelait Danny».

«Chut», avons-nous dit. «Nous voulons entendre.»

«Toutes les insomnies, les cauchemars, mon TDAH ont disparu», a déclaré la femme. «Cela fait deux semaines, mais je sais que c'est parti pour de bon. Le soleil éclairait ses cheveux. Elle nous a même semblé plus légère, comme une toute autre femme. Son cou était aussi albâtre que celui d'un cygne, avec un soupçon de rose à l'endroit des brûlures.

Nous avons trouvé d'autres vidéos. D'autres articles. Des personnes dont les tumeurs ont diminué, des cancers ont été mis en rémission, la sclérose en plaques a disparu de leur corps, tout cela après avoir inhalé ou brûlé et inhalé le venin de grenouille dans leur corps.

Nous avons retrouvé le nom que nous avions vu sur les boîtes de dissection de grenouilles du laboratoire de biologie. Elles avaient été commandées auprès d'une entreprise de matériel médical du Michigan qui proposait des seaux pour grenouille-taureau simple et double. Pas d'amphibiens du Sonoran. Après l'école, la porte de la salle de fournitures de la salle de sciences était désormais verrouillée par un cadenas en métal lourd. En classe, M. Haney passait entre les tables noires à haut plateau. Nos grenouilles étaient couchées sur le dos, la gorge exposée, sur des plateaux en argent.

«Vos spécimens ont chacun un code-barres qui leur est attribué», a déclaré M. Haney. «Nous avons fait des incisions latérales et horizontales. L'un d'entre nous est passé devant le bureau de M. Haney et a renversé un plateau de scalpels. Le reste d'entre nous a rapidement poignardé à l'endroit où une glande devrait se trouver, conformément à nos livres d'anatomie. Nous avons pressé le jus de la peau de notre grenouille dans un thermos et l'avons conservé dans le réfrigérateur du rez-de-chaussée de Marie, que sa mère n'utilisait qu'à Noël. Toute la semaine, nos mains, nos cheveux, nos t-shirts ont empesté le formaldéhyde».

Cette semaine-là, lorsque Madame Camille est partie, en rentrant de l'école par la longue route de service parsemée de stations-service et de salons de manucure, nous nous sommes souvenus de l'histoire que nos grands-mères nous racontaient en cuisinant des biscuits spritz et des tassies aux noix de pécan. L'histoire d'un archipel d'îles, comme les Galapagos, mais en plus ancien. Les femmes y régnaient sans avoir besoin des hommes. Elles alimentaient de grandes machines grâce à leurs cycles menstruels syncopés. Elles faisaient pousser de grands palais de cristal grâce à leur esprit. Elles tiraient leur énergie de la lune, envoyaient les marées et les ramenaient deux fois par jour. La terre était verdoyante et luxuriante. Les animaux terrestres brillaient comme des méduses.

Mais tout ce pouvoir n'était pas bon pour les femmes. Elles s'en régalaient, s'engraissaient de lumière. L'énergie était déséquilibrée. Le soleil, jaloux, commença à s'éloigner de la terre. Les muscles des enfants mâles s'atrophièrent, l'eau se refroidit et le sol devint de plus en plus froid jusqu'à ce qu'ils périssent tous. Les arbres et les gens étaient comme des sucettes glacées sur des bâtonnets, gelés jusqu'à ce que les pointes les plus hautes de la terre se dissolvent dans la mer.

Jaqueline a trouvé un numéro 1-888 qui acceptait les demandes de prières. Vous entriez le miracle que vous vouliez dans une application, et une équipe de prières d'une foi non spécifiée dans un quartier général priait dessus pendant trente jours, 24 heures sur 24.

Nous prions pour que notre amie Marie puisse marcher sans boiter.

Nous prions pour qu'elle soit épargnée par la chirurgie.

Marie fermait les yeux et souriait pendant que nous tapions. Chaque jour, elle semblait plus translucide. Comme si elle devenait diaphane, un peu moins ici.

La mère de Marie l'a emmenée à l'hôpital pour sa consultation préopératoire. Le chirurgien avait des yeux de rhumatisant et une bouche humide. Il l'a allongée sur la table de tomodensitométrie et lui a posé une perfusion dans le bras.

«Je ne vais pas mieux», dit-elle en rentrant à la maison. «Ils opèrent dans une semaine.»

Nous avons envoyé davantage de messages au ministère mondial de la prière, en tapant les messages entre les cours aussi rapidement qu'un colibri.

«J'ai trouvé ça sur Oneness.com». L'un d'entre nous a tendu une page photocopiée en petits caractères.

Par le pouvoir de Marie, je trace une haie de protection autour de toi.

Par le pouvoir de l'Univers, j'oblige chaque cellule à guérir.

Des centaines de ces affirmations, déclarations de santé ont couru...

«Ils fonctionnent si vous dites les mantras quatre cents fois par jour chacun.» «C'est de la merde», dit Jaqueline. «Si elle est opérée, elle peut mourir, être paralysée. Les prières ne peuvent pas empêcher cela. Il faut que nous fassions les grenouilles ce week-end».

Nos mères désapprouvaient les soirées pyjama. «Tu vas manger des bonbons en cachette et te pourrir les dents. Tu feras de la HBO en cachette».

«C'est un projet de groupe pour le cours de religion», avons-nous cajolé. «Nous dessinons les stigmates sur nos paumes. On fait des costumes. On écrit des prières. On fait tout ce que vous nous dites de faire. Nous pouvons utiliser la machine à coudre de la mère de Marie».

Le sous-sol de Marie était recouvert de panneaux en faux bois et d'un sol en ciment.

L'un d'entre nous a dessiné un cercle à la craie. Une étoile à cinq branches au milieu.

«Ce n'est pas de la Wicca», avons-nous dit.

Marie était assise dans son sweat-shirt bleu saint, les paumes des mains sur les genoux. «Tu vas t'en sortir, Marie», lui avons-nous dit. «La déesse grenouilles vous guérira. La déesse te guérira.»

Nous n'étions pas *stupides*, nous nous sommes assurés en allumant une bougie anti-ouragan que l'un d'entre nous avait volée sur le porche arrière, près du gril. Les grenouilles du laboratoire de biologie ne seraient pas aussi puissantes que les crapauds de Sonoran. «Mais elles doivent avoir une certaine magie pour que Madame Camille en vole une, au risque de se faire renvoyer.

«En outre, nous nous sommes rappelé l'un à l'autre que tout ce que nous avons lu indique que les psychédéliques sont plus liés à l'intention qu'à la drogue elle-même. Certaines personnes pensent que les médicaments ne sont que des placebos de toute façon - la *suggestion* produit la guérison».

«*Un remede !*», avons-nous scandé.

La flamme de la bougie a toussé et a frappé le côté du verre. «C'est elle, nous avons crié. «Madame Camille nous parle ! Nous nous sommes empressés de rassembler les carnets d'allumettes et les fagots de romarin que nous avions arrachés aux jardins de nos mères.

Marie n'avait rien dit depuis que nous avions allumé la bougie. Elle a encore rapetissé aujourd'hui, comme si les médecins la rétrécissaient au laser à chaque fois qu'elle se rendait à l'hôpital.

«Tenez». Elle sort deux seringues de ses manches. «Je les ai prises quand l'infirmière ne regardait pas.»

Nous avons demandé «inutilisé».

«Le sceau est emballé dans un film rétractable et se trouve dans un tiroir non fermé à clé», a déclaré Marie.

«Je pensais qu'il était préférable d'inhaler la fumée», avons-nous dit. «Ainsi, elle pénètre dans ses poumons.»

«L'injection l'introduira directement dans son système sanguin.»

Pas le temps de discuter, nous devions partir maintenant. Nous avons décidé de brûler le venin de grenouille dans notre peau, comme nous l'avions vu sur YouTube. Nous ne devions pas être trop loin de Marie. À tout moment, l'un d'entre nous pourrait commencer à boiter, ou les os de nos jambes pourraient cesser de croître, et un médecin nous ouvrirait comme l'une de nos grenouilles.

Brume jaune. Le médicament des grenouilles est jaune. C'est ainsi que nous l'avons décrite plus tard, les rares fois où l'une d'entre nous en a parlé, en chuchotant sur les oreillers dans une chambre sombre avec un nouveau mari.

Le bâton de brûlure a piqué, un trait de douleur rose, un éclair fuchsia tranchant.

Une pulsation - une, deux, trois. L'un après l'autre, nous avons pressé le bâton sur la chair tendre de nos bras ou de nos cuisses. Nous avons retenu notre respiration pendant que chacun d'entre nous prenait le cadeau. Nous avons accueilli la médecine des Grenouilles pour qu'elle pénètre nos membranes cellulaires et se dissolve dans notre sang. Une autre palpitation. Tous sauf Marie, qui gisait sur le béton, les cheveux gonflés comme une sirène. Une sensation de piqûre, de brûlure sur la peau. Nous avons entouré Marie, tiré le bras en plastique blanc de la seringue. Un liquide jaune-vert a rempli le cylindre numéroté. Il nous a fallu sept tentatives pour atteindre la veine, mais finalement, la seringue est entrée dans Marie. Et nous l'avons suivie.

En lévitation. Nous étions en lévitation comme les filles saintes du livre des saints de Marie. À quelques centimètres du sol, mais quand même. Nous étions libérées de l'attraction terrestre. Marie, comme les images de l'Ascension, flottait plus haut que nous tous, entourée d'or et de bleu. Nous avons imaginé ses os s'allonger, se remplir de calcium et de vitamine D, comme des os cassés qui guérissent plus forts qu'avant leur rupture. Ses taux sanguins étaient normaux, son cerveau était une parfaite machine à génie spongieux. Nous étions des femmes-oiseaux, criant, sans contrainte, puisant dans le pouvoir de nos ancêtres dino-saures.

Le toit s'est ouvert sur le sous-sol, sur toute la maison de Marie.

Le soleil s'est mis à briller, nous inondant de lumière.

Là-haut, c'est une journée ensoleillée avec une brise parfaite. Un filtre jaune sur la Terre, autour de votre cœur. Nous sommes entrés dans le lieu où l'on plane, entre l'être et le non-être, la connexion et le détachement total, l'amour orgasmique, inconditionnel et illimité. Nous avons flotté vers le bas, glissant sur le sol du sous-sol comme des serpents, des écailles à la place du ventre, comme des dragons. C'est ainsi que la mère de Marie nous a trouvés. Une hydre à six têtes reliée jambes contre jambes.

Pendant les semaines qui ont suivi, nous étions ici et pas ici. Les médecins ont parlé d'un état de fugue. Nous ne pouvions pas avoir halluciné, nous ont dit plus tard les conseillers. Nous avions brûlé du formaldéhyde en nous, des cellules d'amphibiens morts. Rien de psychotrope. Nous avions imaginé la vision, le jaune flottant.

Nous n'avons pas entendu leurs voix pendant des jours. Nous avons oublié nos noms, qui était le président, l'année. Puis, lentement, une version de nous est retournée. Mais pas Marie. Elle est restée là, s'élevant dans ce nuage doré, s'élevant de plus en plus loin de son corps, hors de l'atmosphère terrestre, de plus en plus loin du couteau du chirurgien, des aiguilles du cerveau, du Triptodur ; jusqu'à ce qu'elle rejoigne une pépinière d'étoiles - pulvérisant sa lumière sur nous comme des paillettes.

TERROIR

Lundi, on a demandé à Claire d'écrire un article sur le blanchiment anal. La demande est arrivée par courriel alors que Claire était encore dans le train pour se rendre au travail, de la part de son rédacteur en chef, qui arrivait toujours au bureau au moins une heure avant tout le monde. Claire a fermé le livre qu'elle était en train de lire sur l'histoire de l'alimentation sur les îles italiennes de Procida et Ischia, a levé rapidement les yeux, s'est assurée que personne ne regardait son écran et a ouvert un nouveau navigateur sur son téléphone.

Quelques recherches rapides sur Internet ont permis d'en savoir plus :

- Le blanchiment de l'anus a commencé à faire parler de lui au début des années 2000, après que l'actrice de films pour adultes Bunny Hanson se soit fait blanchir l'anus dans le cadre d'une série de télé-réalité non scénarisée.
- Les critiques culturels ont attribué à l'industrie pornographique l'apparition de la conscience anale, mais certains affirment que ce sont les top-modèles d'Amérique du Sud et les influenceurs célèbres qui ont fait entrer le traitement dans le courant dominant. Kourtney Kardashian a révélé qu'elle avait essayé le blanchiment anal lors d'un épisode de 2010 de l'émission
  Kourtney et Kim prennent Miami, ce qui a suscité une avalanche de demandes en ligne pour des kits et des crèmes de blanchiment anal à faire soi-même.
- L'année dernière, le blanchiment anal est devenu une industrie de plusieurs millions de dollars et les spas de Los Angeles et d'Abu Dhabi ont commencé à proposer des forfaits AB pour

les enterrements de vie de jeune fille et les week-ends entre filles pour des groupes de six personnes ou plus.

- De Beauty Buzz : le comment du processus : 1-le peeling à l'acide lactique, qui exfolie la peau ; 2-le peeling éclaircissant, qui éclaircit les pigments de la peau ; 3-le masque de fond à laver à la maison.
- L'ingrédient le plus courant du traitement américain est l'hydroquinone, qui est interdite au Japon, en Angleterre et en France en raison de son caractère cancérigène et dangereux pour la peau. Au lieu de cela, il est conseillé aux blanchisseurs d'utiliser l'alpha arbutine ou l'acide kojique, plus sûrs.
- Avertissement : s'il est effectué par un professionnel non formé, le blanchiment anal peut provoquer de l'herpès, des cicatrices et des infections.

Claire rêvait de créer son propre journal en ligne, le Terroir, après avoir entendu une conférence dans laquelle le conférencier définissait le Terroir comme : «l'environnement naturel complet d'un vin, y compris des facteurs tels que le sol, la topographie et le climat». Terroir était utilisé pour décrire l'écosystème du vin, mais Claire pensait que le terroir s'appliquait aussi à d'autres choses, y compris aux personnes.

Un homme nommé Bruno Travasio, originaire de la péninsule sorrentine en Italie, dont la famille fabriquait une liqueur infusée au citron depuis des siècles, avait perdu ses deux parents à l'âge de dix ans et avait été envoyé vivre avec un cousin plus âgé que lui à Londres. Il avait perdu ses deux parents à l'âge de dix ans et avait été envoyé chez un cousin plus âgé à Londres. À la suite de son déplacement, il a consacré trente ans de sa vie à rechercher les racines de la recette de limoncello de sa famille et les origines de toutes les recettes de limoncello qu'il a pu trouver. Le but de l'histoire n'était pas la boisson sucrée et acide. Claire écrirait sur l'homme et la quête - le voyage, les secrets et les défis qu'il a découverts en découvrant son terroir. Travasio conservait ses découvertes dans une série de carnets bon marché à reliure spirale que personne ne lisait jamais, à l'exception de ses enfants. Claire a entendu parler de ces carnets par une amie dont la famille a grandi à une rue du fils de Travasio. Claire avait écrit à la famille il y a six mois, et ils lui avaient envoyé un scan de toute la collection.

Elle a imaginé quelqu'un lisant l'histoire de Travasio à 32 000 pieds d'altitude, alors qu'il voyageait de Pittsburg à San Francisco. Elle imaginait des gens se sentant plus proches de leurs racines, de leurs ancêtres et de la paix en lisant son histoire. Le conseiller d'orientation de McGill, où elle avait obtenu son diplôme de journalisme, lui avait dit que la meilleure voie à suivre était d'aller à New York et de prendre n'importe quel emploi qu'elle trouverait.

Claire a fait circuler son portfolio, ses modestes clips, à travers Manhattan, à *Blue Planet*, TRAVEL, *Outward Bound* et *Adventure*.

Aucun d'entre eux n'embauchait. *Pose* est le seul magazine à l'avoir convoquée pour un entretien. La femme qui allait devenir sa rédactrice en chef a cligné des yeux bleus autour d'un café ventilé.

«Vous pouvez écrire des articles importants ici», dit la rédactrice en chef. Claire se souvient d'un article inepte qu'elle avait recherché pour l'entretien, un article écrit par cette rédactrice en chef lorsqu'elle avait l'âge de Claire : «Perdre la face ou le cul : les femmes de plus de quarante ans doivent choisir». La rédactrice en chef avait accompagné Claire depuis la réception jusqu'à son bureau rempli d'étagères et de meubles en verre cerclés d'or. Elle devait avoir une quarantaine d'années

Ce jour-là, elle mesurait un mètre quatre-vingt-cinq de tendon et était aussi maigre qu'une pré-adolescente, les bras veinés par le yoga ou l'haltérophilie. Elle avait choisi le cul.

«Donnez-moi quelques mois dans le domaine de la santé et de la beauté, et vous pourrez faire un reportage sur les droits reproductifs des femmes en Égypte».

Claire s'est sentie coupable d'objectiver le corps de la rédactrice en chef et de ne pas vouloir écrire sur le droit des femmes du monde entier à conserver la possession de l'organe qui leur procure du plaisir physique. Elle devrait vouloir écrire cette histoire. Ses passions étaient égoïstes, mais elles brûlaient en elle et exigeaient l'obéissance. La mère de Claire est morte d'un cancer de l'ovaire rapide et méchant, alors que Claire était en première année d'université. Le père de Claire travaillait comme directeur dans une conserverie. Elle le voyait à Noël et un week-end par été. Elle est fille unique. Jusqu'à présent, elle n'avait pas de petit ami durable. Sa grande joie était maintenant de rentrer chez elle pour lire dans les jours-nals de Travasio les trente années de recherche des origines et des tentacules de la recette de limoncello de sa famille.

Le rédacteur en chef a publié l'article sur le trou du cul de Claire sous le titre «Excellence anale : 10 façons d'obtenir un cul de star».

Pour le numéro suivant, son rédacteur en chef lui confie un article de fond sur les hommes d'une vingtaine d'années souffrant de troubles de l'érection. Alors que Claire commence ses recherches, un magazine concurrent publie un article intitulé «Votre vulve est-elle laide ?».

La rédactrice en chef a demandé : «Avez-vous vu ça ?» et a pointé l'écran de son bureau, où le titre brillait en rose vif sur fond blanc. Claire a regardé la photo sur papier glacé d'une jeune fille à la tête pliée vers sa poitrine et une frange de cheveux couvrant son visage. Elle avait l'air de prier ou d'être courbée par la honte.

Claire a regardé le titre de l'article et s'est efforcée de placer une vulve dans son esprit. Elle se souvenait du cours de santé de Mme Mason en classe de quatrième - l'écran déroulant avec la ficelle qui pendait de la boucle en silicone au bas de l'écran. Les dessins au trait noir de tubes et d'ovules, de follicules et d'un canal vaginal peint en rose charnu. Mme Mason avait distribué de petits miroirs aux bords rugueux que l'école avait commandés en gros. C'était une femme imposante qui travaillait dans une boulangerie, pétrissant du pain et tirant des plateaux de muffins chauds comme le magma dans et hors des fours avant l'école, et les miroirs paraissaient petits dans ses grandes mains coussinées. «Emporte ceci chez toi. Ce soir, tiens le miroir entre tes jambes et regarde bien.»

Certaines filles ont jeté leurs miroirs dans la poubelle située derrière le gymnase alors qu'elles se rendaient en trigonométrie. Les miroirs se sont brisés contre le cadre en acier et ont reflété des éclats de visages, de jambes et de sacs à dos dans le ciel. Claire a sorti le miroir de sa chambre après le dîner. Elle a enlevé son short en jean et a mis le miroir au carré dans sa paume.

Le parquet a grincé devant sa porte. «Gracieux !» Sa mère est entrée et a traversé la pièce en un clin d'œil.

«C'est un devoir pour le cours de santé», explique Claire à sa mère. Les yeux de sa mère passent de Claire au miroir, comme un écureuil.

«Il n'y a rien à voir pour une jeune fille», dit sa mère. Elle bafouilla quelque chose à propos des écoles progressistes et retira le miroir des mains de Claire, puis détourna la tête de Claire avec un frisson. Comme elle l'avait fait une fois dans la voiture, lors d'un voyage en famille, lorsqu'elles avaient croisé un opossum qui avait été tué sur la route. Avant que les doigts de sa mère ne se referment sur les yeux de Claire dans la voiture, Claire avait vu une corde d'intestins lisses, des morceaux de cervelle et d'os, et une fourrure tachée de sang.

Claire aurait pu défier sa mère. Elle aurait pu se tenir debout sur les toilettes et lever une jambe contre le miroir mural plus tard dans la soirée. Elle aurait pu demander à un médecin de la laisser regarder pendant son examen médical annuel. Elle aurait pu attendre jusqu'à l'université et faire l'exercice de miroir à ce point-là. Mais entrevoir son sexe était désormais à jamais lié à quelque chose de honteux qui effrayait sa mère, quelque chose qui laissait une personne aplatie et ensanglantée sur une route. Elle n'avait jamais regardé.

———————

La rédactrice en chef de Claire tapote son stylo sur l'écran de son ordinateur. «*Nous aurions* dû faire un article sur la vulve.

«Le mouvement Body Positive va nous tuer», dit la rédactrice en chef en changeant de sujet sans attendre la réponse de Claire. Elle fait les cent pas devant son bureau en verre tout en parlant. Selon la rédactrice en chef, les PDG du secteur de la beauté ont peur que les femmes ne se sentent plus mal à l'aise avec leurs kilos en trop. «Qu'arriverait-il à notre industrie, poursuit la rédactrice en chef, si les femmes n'essayaient pas de corriger leurs hanches arrondies, la taille de leurs fesses, leurs nez asymétriques ou de donner à leurs cheveux une brillance de crinière de cheval ? Tout change tout le temps.»

Dans la lumière pâle de la fenêtre de son bureau, la peau de la rédactrice en chef semble relâchée et blafarde. Un vase de fleurs desséchées et trois cartes de vœux envoyées pour son quarante et unième anniversaire étaient posés sur le bureau. Claire avait observé la rédactrice en chef se promener dans les couloirs du magazine, en avançant la tête, comme une tortue, vers le bureau du chef, comme si elle s'attendait à tout moment à ce qu'une guillotine lui tombe sur la nuque.

«Écrivez quelque chose sur l'affreux col de l'utérus pour le prochain numéro», a dit l'éditeur.

«Je pense que le col de l'utérus est trop haut pour être vu», dit Claire. «Une autre partie alors. C'est quoi cette bande entre le vagin et l'anus ?»

Claire a sorti un mot de son cerveau. «Le périnée». «C'est vrai.»

«Que dois-je dire à ce sujet ? demande Claire.

«Il suffit de regarder quelques photos d'une vraie et d'écrire comment elle devrait être à l'opposé. S'il est bosselé, il doit être lisse. Poilu, sans cheveux, vous savez. Je ne peux pas croire que je doive vous expliquer cela». L'article est paru dans le numéro de mai, à temps pour la panique du maillot de bain.

Sur la page opposée, ARCTIC cosmetics fait la publicité d'un spray revitalisant pour le périnée qui resserre la région inférieure et fait scintiller toute la zone allant des lèvres à l'anus.

Le rédacteur en chef de Claire a fait de l'article sur les troubles de l'érection un article de plusieurs pages. Claire a organisé des interviews avec des médecins, des psychologues et des sexologues spécialisés dans les problèmes masculins. Le même jour, quelqu'un a lancé une campagne sur Facebook pour demander aux fabricants de jouets de donner un vagin à Barbie.

«Ma fille de dix ans a demandé au Père Noël une labiaplastie», s'est écriée une mère de l'Arkansas dans une vidéo. «Elle veut avoir l'air lisse, comme Barbie.

Des parents ont écrit des lettres dans la boîte de recherche de WebMD. «La labiaplastie est une intervention chirurgicale visant à modifier l'apparence du vagin», a écrit quelqu'un dans la boîte de commentaires.

La semaine suivante, Eris Pharmaceutical a lancé Roo, le premier médicament contre les dysfonctionnements érectiles spécialement conçu pour les millennials. Un médecin interrogé par Claire a suggéré que l'épidémie ne provenait pas des toxines contenues dans les aliments ou des commotions sportives à répétition, mais de la quantité de porno consommée par les jeunes hommes.

Claire s'est rendue à Happy Valley pour interviewer un groupe de discussion composé d'étudiants en commerce de Penn State. Dans l'avion, elle a lu un article sur un écrivain natu-raliste qui a écrit à la même époque que Travisio. La *fille de la mer* de Natalia Francone. Francone s'est installée à Procido à l'âge de dix-huit ans et a fait son apprentissage auprès d'un pêcheur de Marian Grande. Comme Travisio, Francone est devenue obsédée. Elle a consacré vingt ans à la pieuvre : ses origines dans la cuisine, sa place dans l'écologie des océans et les façons durables de la griller, de la sauter et de la frire.

———

Les étudiants en commerce de Penn State qui ont participé au groupe de discussion ont avoué qu'ils avaient eu du mal à «passer à l'acte» à au moins trois reprises cette année-là. Les raisons invoquées étaient que les filles n'étaient pas assez «chaudes». L'un d'eux a tiré sur la lanière du sac de Claire pendant la pause.

«Pour moi, ce n'est pas l'attrait de la fille qui compte», a-t-il déclaré. «Je suis rentré chez moi avec cette fille le mois dernier et j'ai vu son vibromasseur. C'est le nouveau 'Colossus', tu le connais ?», a-t-il demandé.

Claire connaissait l'appareil. Son magazine publiait des publicités pour une multitude de jouets sexuels destinés aux femmes : des pages roses brillantes avec des images de femmes les mains dans le pantalon, des sous-vêtements vibrants et des femmes étendues vers l'arrière, le dos cambré et les genoux pliés, avec des titres tels que «Parce que vous le méritez». Colossus se présente sur une page argentée brillante avec l'image unique d'une nageoire géante. «Laissez-vous ravir par un prédateur de l'apogée».

«Qui peut rivaliser avec ça ?» dit le jeune homme.

«Les garçons commencent à regarder du porno dès l'âge de huit ou neuf ans», explique le chercheur principal à Claire, derrière la glace sans tain. «Ils n'ont jamais vu d'érection de taille normale, d'anus plus foncé ou de vulve non rasée». Il fait part de son hypothèse au groupe de discussion.

Les jeunes hommes ont reconnu qu'ils avaient été victimes d'une grave agression.

Claire est rentrée chez elle le vendredi suivant avec un homme rencontré dans un bar.

Une barbe enserre un visage aimable et un ventre qui dépasse de son jean. Ce n'était pas un homme, pensait Claire, qui se préoccuperait de l'attrait de sa vulve. Lorsqu'ils sont arrivés dans la chambre de l'homme, elle a éteint la lumière - il n'y a rien *à voir* ici - *a enroulé* ses jambes autour de son cou et a gémi lorsqu'elle a joui. Elle n'a pas pensé une seule fois à la couleur de son anus.

L'homme ne l'a pas appelée. Claire n'est pas trop inquiète. Elle n'avait pas dit qu'elle cherchait à le revoir. Elle aurait aimé, mais elle n'avait rien dit.

En réponse aux enfants de neuf ans qui voulaient des labiaplasties, un groupe de femmes de Philadelphie a créé le groupe MAB (Mères contre Barbie). Le groupe s'est associé à Creata Toys pour créer une poupée anatomiquement exacte avec des poils sur les parties génitales. Elles ont baptisé la poupée Gloria en hommage à la grande féministe.

L'article sur le DE des millénaires a été publié. Des articles similaires ont été publiés dans *Elle*, *Marie Claire*, *InStyle* et *Vogue*. Les sociétés pharmaceutiques ont acheté des publicités prémium pendant les pauses publicitaires des matchs de football pour promouvoir leurs nouvelles solutions : UP, MillennialX et Cheetah. Le rédacteur en chef de Claire la félicite et l'envoie à San Francisco pour un nouvel article sur une poupée d'intelligence artificielle très prisée des jeunes milliardaires. Elle a loué une voiture électrique et s'est rendue de SFO à Palo Alto pour participer à un groupe de discussion avec le Young President's Club.

«L'IA s'appelle Perfect Girlfriend», lui dit le chercheur de Synergy Labs. «Elles sont grandeur nature et totalement interactives. Nous sommes très ouverts à la diversité. Les PG ont des vagins, des seins, des anus et sont de toutes les origines ethniques. Elle ne pouvait pas voir son corps sous la blouse verte, mais le scientifique était grand, avec un menton fort, de fins cheveux dorés sur le dos de ses mains et des lunettes à monture noire qui lui donnaient un air académique rassurant.

Claire se tourne vers la table où les jeunes hommes sont présentés à leurs poupées. «Celle-ci s'appelle Caroline», dit la chercheuse. La poupée ressemble à une de ses amies de l'université.

Caroline avait des cheveux bruns, des seins hauts et une bouche ouverte en O, comme si elle avait été prise par surprise. «Les bouches fonctionnent comme de vraies bouches lorsque les IA sont chargées. Elles accomplissent n'importe quel acte sexuel.»

«Pensez-vous que ce type d'appareil les empêchera d'avoir des relations intimes avec de vraies femmes ? demande Claire à la chercheuse. Elle avait conçu les questions à poser à partir des recherches qu'elle avait lues et qui montraient que les troubles sexuels chez les hommes en âge de fréquenter l'université avaient augmenté de 400 % au cours des trois dernières années. «Ce que je veux dire, c'est que vous pensez que ces poupées vont contribuer à l'effondrement des relations humaines et, à terme, à l'augmentation du nombre de jeunes hommes souffrant de troubles de l'érection ?

Le chercheur a haussé les épaules. Ils coûtent 50 000 dollars, et nous avons déjà des précommandes pour trois mille «Perfect Girlfriends».

Claire pense à l'homme avec lequel elle est rentrée du bar. Les poils réconfortants de son ventre lui donnaient l'impression d'être dans un endroit naturel et sûr, comme des algues brutes ramenées de l'océan à Ischia. Aurait-il préféré la poupée en élastomère thermoplastique qui resterait silencieuse et sucerait n'importe quoi aussi longtemps qu'il le voudrait ?

Les jeunes présidents ont chacun porté une poupée «Perfect Girlfriend» dans une rangée de salles privées à proximité. La chercheuse a fait entrer «Caroline» dans la salle d'observation et l'a posée sur la table avec les M&M's, les bretzels et les mini-bouteilles d'eau que le personnel d'accueil de Synergy avait disposés dans un bouquet de bols en verre.

Le chercheur s'est excusé pour aller aux toilettes. Seule dans la lumière fluorescente, Claire a eu l'idée saugrenue de sauter sur la table et de presser sa peau contre le corps en plastique de Caroline ou de soulever la jupe de Caroline pour inspecter sa vulve. Au lieu de cela, elle passa son index droit le long de l'intérieur du bras de Caroline. La peau de la poupée n'avait rien à voir avec la cire froide de Barbie ou la souplesse d'une balle anti-stress que Claire avait imaginée. La peau était satinée, luxuriante et profonde, comme si quelqu'un avait créé de véritables couches d'épiderme, d'hypoderme et de sous-cutané. Vingt minutes plus tard, un homme vêtu d'une chemise rayée Brooks Brothers les a rappelés dans une salle de conférence et leur a demandé ce qu'ils aimaient dans les poupées.

Un jeune homme de vingt-cinq ans portant un sweat à capuche bleu a déclaré spontanément : «Elles sont très sexy. Vous n'avez pas besoin de sortir pour les trouver.» Un autre homme a hoché la tête et a fléchi et fait craquer ses pouces pour montrer les lésions dues au stress répétitif qu'il a subies à force de glisser sur les applications de rencontres.

«C'est épuisant», reconnaissent les jeunes hommes. Un ingénieur est venu discuter de la pyrotechnie pour la fête de lancement. Dans l'odeur chimique du laboratoire, Claire s'imagine faire glisser ses doigts sur une mer de citronnelle à Capri.

Dans le taxi, elle pense aux photos qu'elle a vues des fleurs de courgettes décrites par Travasio dans son deuxième journal - des fleurs géantes farcies d'anchois salés et de ricotta blanche moelleuse. En arrivant à l'aéroport, elle trouve un bar-restaurant qui sert des spa-ghetti à la bolognaise. Elle mangea les pâtes, commanda un verre de Barbera à quinze dollars et factura le repas au magazine.

———————

Claire a couché avec un homme rencontré dans l'avion. «Le bon moment, le bon endroit», a-t-il dit en lui enlevant sa culotte. Elle imagine les yeux de verre et les lèvres froncées de la Caroline Perfect Girlfriend. Elle était consciente des taches de rousseur et des poils qui poussaient sur la peau, quelle que soit la fréquence du rasage. Elle tira le drap sur son torse et éteignit les lumières. Elle gémit lorsqu'il lui mordit légèrement le cou. Il a joui en elle. Il y avait des hommes qui préféraient encore la chair, se dit-elle.

———————

Les enfants de neuf ans n'aimaient pas leurs nouvelles poupées. Elles ont exigé de récupérer leurs Barbies et ont mobilisé leur propre groupe en ligne, les Filles contre Gloria (DAG). Lorsque MAB a refusé de leur rendre leurs poupées, les filles ont mis en place des laboratoires chirurgicaux et ont fait subir à leurs Glorias des épilations du maillot brésilien et des labiaplasties pour qu'elles ressemblent davantage à Barbie.

———————

«Plus d'histoires sur les organes génitaux», a dit Claire à son rédacteur en chef en se rendant à son bureau le lendemain matin. Une heure plus tard, la tête givrée de la rédactrice en chef passe par-dessus le mur de mousse de la cabine de Claire. «Faites votre valise pour Londres.

Elle s'est connectée à la base de données de recherche de magazines depuis le salon de JFK American Airlines. Son nouvel article porte sur la cryogénisation. Le terme vient du grec Kyros et implique la congélation à -196°C et le stockage d'un corps humain ou d'une tête coupée. Dans l'espoir d'une vitrification et, à terme, d'une résurrection.

Tandis qu'un jeune garçon du 32E bave sur l'accoudoir à côté d'elle, Claire lit que les procédures de cryogénisation doivent commencer dans les minutes qui suivent le décès et utiliser des cryoprotecteurs pour empêcher la formation de glace pendant la cryogénisation. Le premier corps (celui du Dr James Bedford) a été congelé en 1967 et, en 2014, des milliers d'immortels avaient pris des dispositions pour se faire cryogéniser.

Quelque part au Groenland, Claire a trouvé un article sur la société londonienne Immortal You, qu'elle devait visiter plus tard dans la journée.

«Oui, la cryogénisation coûte plus de 200 000 dollars, mais combien cela représente-t-il réellement pour entrer dans l'ère où la science accordera la vie au-delà de la tombe ?

Son rédacteur en chef lui a envoyé un message : «Je sais pertinemment que *Vogue* a aussi cette histoire - trouvez-moi un angle d'attaque».

Greg Sommers d'Immortal You a tendu à Claire une combinaison en plastique transparent et lui a fait visiter la chambre de congélation. Greg mesure 1,80 m et marche comme une gazelle. Au fur et à mesure qu'ils avançaient dans l'usine, le corps de Claire, son sac à main, son smartphone semblaient miniatures, comme s'ils étaient avalés par l'ombre de Greg et l'air réfrigéré de l'installation. Des capsules d'argent et de cuivre tapissent les murs d'un gigantesque entrepôt comme des tonneaux de vin métalliques. La rédactrice de *Vogue* se tenait dans la baie d'observation, se frottant les bras par touches rapides. Les bords de sa carte de presse sont couverts de givre. Le problème», dit la rédactrice de *Vogue* à Claire alors qu'elles attendaient les citations du président de la société, «c'est qu'il n'y a pas d'autre solution que d'aller à l'école».

Vous voulez vraiment revenir dans un corps de quatre-vingt-dix ans ? Si les femmes voulaient vraiment faire les choses correctement, elles se retireraient à trente ans et ressusciteraient avec des chattes serrées et des fronts lisses».

Claire a cessé de faire l'amour. Aucun des hommes avec lesquels elle a été en contact ne lui a envoyé de message après coup. Elle s'est retrouvée à visiter le placard à produits du magazine, la main posée sur un tube de gel pour la vulve. Son propre corps, avec ses poils drus, ses membres dégingandés et sa production de collagène en baisse, était devenu une chose repoussante. La nuit, elle rêvait de Caroline, de Glorias castrées et de corps suspendus dans du gel d'immortalité. De l'anus de Kim Kardashian. Elle écrivait les articles que le rédacteur en chef lui confiait : les meilleures positions sexuelles à essayer sur un yacht, le cours de maître sur les perles anales, et comment trouver le nouveau point S qui, selon les scientifiques, était encore plus haut que le point G et n'était accessible que lorsqu'on était à l'envers.

Trois mois plus tard, le chercheur de Penn State a envoyé un courriel à Claire. «J'ai aimé votre article sur le DE. Je serai à New York la semaine prochaine. Un verre ?» Elle se force à y aller. Ne pas y aller reviendrait à les laisser gagner les éditeurs et les rédacteurs de *Vogue*, les cosmétiques ARCTIC, les DAG. La chercheuse a commandé un petit filet, des épinards sautés, et une pomme de terre farcie. Claire avait du mal à manger de la viande. Les tendons, les os et les muscles la répugnent et font gonfler son œsophage. L'homme ne s'en est pas soucié. Il a demandé à goûter ses courges cuites et ses pâtes farineuses. Il a dit qu'il aimait la façon dont son pull bleu s'accordait avec ses yeux.

Elle s'est retrouvée à lui parler du terroir, de la cuisine Procida de Francone, de Bruno Travasio, du limoncello. «Les gens pensent que le limoncello est exclusivement italien, mais il a trouvé des recettes familiales similaires en Croatie, au Portugal et même en Inde», dit-elle. Claire lui a expliqué comment le sol, le climat et la topographie façonnent les choses, façonnent toute la vie.

L'homme pose sa fourchette. Pendant un instant, on aurait dit qu'il avait plusieurs âges à la fois : un garçon, un jeune homme, un scientifique.

«Avez-vous découvert une Pangée culinaire ?»

Claire boit une gorgée de vin et regarde l'homme. Elle aimait ses cheveux grisonnants aux tempes. Elle aimait ses questions. «Je ne sais pas», dit-elle. «Je n'ai pas encore terminé l'œuvre.

L'homme la regarda d'une manière qui lui donna un sentiment étrange, comme s'il la buvait.

«Je parle trop», dit-elle.

«Vous êtes magnifique», a-t-il dit.

Ils se sont rendus à son hôtel dans un Uber et il a tenu sa main sur la bosse de velours de la banquette arrière. Elle a senti le poids de ses articulations et a passé son doigt sur une petite callosité sur le coussinet de sa paume gauche. L'hôtel se trouvait à Times Square. Les lumières des chapiteaux faisaient des arcs-en-ciel sur le petit plafond. Des panneaux en miroir avaient été placés sur les portes coulissantes du placard, en face du couvre-lit à fleurs. Il la vit regarder les miroirs et rougit.

«C'est l'hôtel que l'université a approuvé», s'est-il excusé. Elle a tendu la main vers la lampe de chevet. Elle était écrue, non ciré et non vaporisé. Elle voulait que les ombres les engloutissent. Il l'arrêta par le poignet et embrassa sa paume. Puis chaque bout de doigt, un par un.

Il a enlevé son pantalon et déboutonné son chemisier. Il embrassa sa clavicule, le centimètre de peau juste sous ses côtes, ses genoux, et enleva ses chaussettes avec ses dents. Il s'agenouilla au-dessus d'elle et attrapa sa trousse de toilette posée sur la table de nuit. La lampe faisait rebondir la lumière jaune autour de ses épaules voûtées. Elle vit la lueur de son dos dans le miroir. Elle tourna son visage sur le côté, où elle ne put voir que les fibres blanches du coton sur la taie d'oreiller. L'emballage en aluminium du préservatif crissait sous ses doigts. Elle a relevé la tête. Dans le miroir, elle pouvait voir la plante rose de ses pieds.

«Nous y sommes presque», a-t-il dit.

Elle écarte les jambes.

Et il a regardé.

Les longues jambes musclées du chercheur, couvertes de larges boucles de cheveux, descendent vers elle. Sous lui, son reflet. Une touffe de petits poils bruns enroulés autour d'une chair rose. Un oursin brillant. Un paracentrotus lividus étincelant sur une plage de Procida. Dense, sombre et beau, comme une forêt.

FILLES

I

Le garçon me voit à travers la fente de la fenêtre de son taxi, une vision lumineuse boulonnée au mur au-dessus de l'entrée du bar. Sa mère détourne son visage.

Qu'est-ce que le programme «Girls ! Girls ! «, demande-t-il en se retournant sur son siège alors qu'ils descendent Wabash en trombe.

La mère compte le nombre de secondes pendant lesquelles ses yeux se sont régalés de moi. Le médecin qui s'est adressé à l'école la semaine dernière a déclaré qu'il suffisait de croiser trois fils d'un enfant pour que le schéma neurologique de l'addiction sexuelle s'inscrive dans les plis souples de son cerveau. Sa peur laisse des traces dans l'air derrière le taxi. *Une seconde, deux secondes - elle était sûre que ce n'était pas plus long.*

«Pourquoi es-tu fâchée, maman ?»

La mère répond lentement, en égrenant les syllabes : objectifi-cation. Le reste de la journée, elle cuit à la vapeur. En cuisinant du chou-fleur et des filets de saumon pour le dîner, elle ne peut s'em-pêcher de penser aux filles mineures que Ray pourrait employer dans son établissement et de se demander si elles y travaillent de leur plein gré ou si - oh mon Dieu - certaines d'entre elles ont été ramassées dans la rue à Green Bay. Marquées de tatouages d'épines, droguées et transportées en bus vers la ville, comme les filles de l'horrible interview qu'elle a écoutée la semaine dernière.

En lisant à son fils dans son lit ce soir-là, son corps organique et doux comme du lait, elle pense encore à moi : un enchevêtrement voluptueux de tubes de verre crémeux, des cuisses blanches pal-pitantes et des cheveux bleus, un haut de bikini vert pointu qui ne cache rien. Une panoplie obscure, éclairée par les lumières colorées même à 11 heures du matin, prouvant que l'obscurité ne dort jamais mais qu'elle brille toujours, même en plein jour. La femme pleure sous la douche cette nuit-là et ne fait pas l'amour avec son mari pendant une semaine, en signe de protestation, de détresse, de rage, de veille - pour les filles.

I I

Le garçon m'a vue plus minable que je ne l'avais jamais été ; mon corps est maintenant un ver luisant vieillissant. Quand je suis monté pour la première fois - oh mon Dieu ! Le premier homme qui est passé après que j'ai été percé dans le mur de ciment a trébuché sur ses mocassins. Les plus jeunes venaient par paquets après l'école pour me regarder et me montrer du doigt. Les vieux, et les hommes à peine, et les hommes d'âge moyen en costume au ventre arrondi, les vieux aux moustaches blanches et aux cheveux dans les oreilles qui sortaient de leur bureau en faisant semblant de se rendre ailleurs. Ma présence était nouvelle et excitante pour eux tous ; ma présence, chargée de néons, suffisamment vivante pour faire tressaillir leurs pantalons.

I I I

Les femmes viennent seules, vêtues de manteaux ceinturés et d'écharpes autour du visage, avec de grosses lunettes noires, porteuses de secrets. Elles font semblant de regarder le menu du restaurant allemand voisin de Ray's. Bratwurst, schnitzel, *kazel spachze*. Les saucisses figurant sur les photos du menu sont si longues et si juteuses que les femmes ne s'excitent rien qu'en regardant les images.

Fais en sorte qu'ils me désirent comme ils te désirent, murmurent-ils, le visage appuyé contre le mur de béton sous mes cuisses. Elles laissent des empreintes de mascara sur le mur, comme des notes d'amour au pochoir.

I V

Où sont mes sœurs de néon ? demandent les clients à Ray. C'est Girls!Girls!Girls ! et non pas Girl, après tout.

Ils s'arrêtent au bar où Ray s'assoit et boit un whisky pur, tandis que le barman empile des bières américaines et des martinis arrosés avec de petites olives vertes sur des bâtonnets. Ray dit que je suis assez femme pour tous. Je suis sa déesse. Le dos arqué comme un yogi, le cou allongé et invitant à la morsure ou au baiser, un short si court qu'on le rate en clignant des yeux, les ongles des pieds peints en rouge comme ceux d'une femme au foyer des années 50. Les hommes frappent leurs verres sur le bar en signe d'accord et se dirigent vers les entrailles de l'endroit. Je suis la première chose qu'il a achetée pour son entreprise. *Tout ce que vous avez à faire, c'est les faire entrer dans la porte.*

Il se moque des imbéciles qui, dans cette même rue, possèdent des restaurants gastronomiques et des galeries d'art. Des peintures à 20 000 dollars et des dîners à 200 dollars alors qu'à côté, ils peuvent boire de l'alcool et faire l'amour pour presque rien.

Qu'en est-il des filles qui travaillent au Ray's Girls!Girls!Girls !? se demande un homme en ville pour un salon professionnel. Sont-elles vraiment si spéciales ? Ahhhhh, dit-il en se faufilant entre les tables vers la scène.

Magnifique, éphémère. De vraies filles avec du sang dans les artères. Des filles aux cheveux roses, verts, violets - pas les roses et lavandes millénaires que les jeunes femmes portent aujourd'hui. Les filles ! Leurs cheveux brillent d'un éclat fuchsia, d'un bleu électrique, d'un vert phosphorescent, un effet de l'éclairage ? Leur peau, de toutes les nuances, est douce comme du cachemire, lisse comme une sucette. Elles sont d'un autre monde, mais gentilles et accessibles. Les hommes peuvent parler à ces femmes avant qu'elles n'enlèvent leur maillot de bain et leurs tongs en mousse. Les femmes leur donnent de bons conseils en matière de commerce et d'affaires.

Qui sont ces femmes ? Personne ne les voit entrer. Personne ne les voit sortir. Les hommes essaient, mais aucun ne veut se rencontrer en dehors du Ray's. Les habitués plaisantent en disant que l'arrière du Ray's Girls!Girls!Girls!Girls ! est un portail vers un univers alternatif. Un univers où l'espèce féminine est supérieure aux femmes humaines dans tous les domaines.

V

Ray est plus âgé et plus fêlé que moi. Pour son quatre-vingtième anniversaire, ses habitués commandent un gâteau avec ma photo sur le dessus. Les Girls ! portent des pantalons chauds à paillettes argentées et des soutien-gorge coniques verts. Ray pleure, il est touché. Ses larmes sont devenues argentées comme le rouge à lèvres des filles. Les hommes disent que lorsque vous embrassez une des filles de Ray, votre sang devient violet. Votre salive se transforme en paillettes d'or.

Ray a l'air bien plus mal en point pour son âge, lui disent les hommes. Il s'est mieux occupé de moi. Sa muse. Les hommes rapportent que des changements se préparent. Une femme pourrait être le prochain maire.

V I

La femme devient maire. Elle avait l'habitude de marcher dans ces marches que les femmes organisaient pour protester contre des entités comme moi. #EndPatriarchy. Elle n'aime pas le film de Ray, Girls!Girls!Girls ! Elle se souvient des grandes tempêtes. Les semelles en caoutchouc de ses bottes sont la seule chose qui la sépare de l'électrocution. Elle signe le vieux décret jauni qu'elle avait promis de signer si elle accédait à cette fonction. Des campagnes pour un corps positif, des entreprises respectueuses et conscientes. Elle n'est pas contre le sexe, dit-elle depuis le minuscule microphone de son smartphone, qui s'amplifie jusqu'à la façade des téléphones de la ville. Les évangélistes de Ray passent des appels, demandent des faveurs. La liberté d'expression est la liberté d'expression. La danse n'est pas illégale, crie l'équipe de Ray.

Il y a bien plus que de la danse au Ray's Girls!Girls!Girls!Girls ! mais cette femme ne sera pas victorieuse. J'ai le droit d'exister. Une armée de femmes ne pourrait pas m'éliminer.

V I I

La femme du taxi avec son fils signe la pétition du nouveau maire sur Facebook. Elle se sent mieux et tend la main à son mari. Elle l'attire à elle et le laisse entrer.

Après avoir entendu son mari ronfler dans l'oreiller, elle se lave le visage dans la salle de bains. Je reverrai son fils. Elle peut voir son fils dans quelques années, grand et large et encore un peu incertain, marchant de côté vers mon mur. S'approchant prudemment, comme un pèlerin.

VIII

Un jour, elle emprunte la même rue que le taxi a empruntée le jour où elle m'a vu. Par accident, se dit-elle, comme si elle conduisait dans une tempête de neige, dans un voile blanc, et que ma rue était la seule qu'elle pouvait emprunter. J'ai oublié, pense-t-elle, les filles de Ray's Girls!Girls!Girls!Girls ! et ce derrière dodu et ces belles épaules et tous les angles pointant vers le bas, vers le bas, vers le bas, vers le pli du short vert court.

Elle pense qu'elle me déteste, moi qui suis la porte d'entrée glissante vers le porno et la dépendance et la corruption de tous les hommes qu'elle aime. Mais si elle me déteste, c'est pour avoir fait ressortir tout ce qu'elle a travaillé si dur pour étouffer, en bas, en bas, si profondément sous la rue de néon à l'intérieur de ses os, là où elle essaie d'oublier mais ne peut pas oublier, n'a pas oublié, n'oubliera pas.

MARIONETTES

Depuis leur arrivée à Prague la veille, il avait plu à gros flocons gris, mais le soleil séchait maintenant les flaques d'eau sur les routes pavées.

«Mon Dieu», dit Kate en pointant du doigt. «C'est le troisième magasin de marionnettes que nous voyons depuis que nous avons quitté l'hôtel. Elle s'arrêta et regarda les sorcières dont les cheveux sortaient de leurs verrues et les bouffons qui portaient des chapeaux de soie à trois pointes avec des clochettes aux extrémités - chacun de ces objets mesurait au moins un mètre de haut et était bien trop effrayant pour une chambre d'enfant. Kate n'arrivait pas à imaginer qui aurait pu acheter une telle chose.

«La pluie est terminée pour aujourd'hui», dit Dan en lisant son téléphone. «Je pense qu'on peut continuer en toute sécurité.»

La poitrine de Kate brûle sous l'effet des viandes tranchées et des fromages servis au petit déjeuner par l'hôtel. Même si c'est elle qui a choisi Prague, tout semble étrange et désagréable ici.

«Qu'est-ce que tu veux voir en premier ? demande Dan.

Heather, la colocataire de Kate à l'université, avait rendu visite à son petit ami à Prague pendant leur dernière année d'études et était revenue avec des photos d'un château doré, dont les tourelles se découpaient sur le ciel bleu.

Kate a dit : «Le château de Prague», mais Dan voulait voir l'horloge astronomique de la place de la Vieille Ville.

«L'horloge se trouve sur le chemin du château», dit Dan en consultant Google Maps sur son téléphone. «Nous irons d'abord là-bas.»

Ils marchaient prudemment, évitant les mares d'eau plus profondes qui s'élevaient au-dessus des pierres. Dan avait au moins trois pas d'avance sur Kate. Elle devait courir à moitié pour le suivre et se demandait pourquoi elle n'avait jamais remarqué cela à New York.

Lorsqu'ils atteignent une route goudronnée, Dan lit l'histoire de l'horloge sur son téléphone. «Elle s'appelle l'Orloj et a été érigée en 1410.»

La place de la vieille ville est déjà pleine. Une cinquantaine de personnes se déplaçaient comme un troupeau autour de la base de l'horloge et regardaient vers le haut comme s'ils attendaient que quelque chose tombe du ciel. L'horloge était magnifique, avec des cercles et des croissants dorés marquant l'emplacement des corps célestes, le ciel bleu et les étoiles entourées de halos. «Praha ! Dan soupire. «On l'appelle la ville d'or.

Respirant difficilement, Kate enfouit sa tête entre les revers de son manteau. Elle espérait que les gens autour d'eux ne parlaient pas anglais. *Comme si personne d'autre n'avait jamais pris un guide et ne savait comment s'appelait Prague.*

La semaine précédant le voyage, Dan lui avait demandé sa taille de bague. Kate avait ressenti un sentiment de supériorité lorsqu'elle avait appelé sa mère pour lui annoncer les fiançailles et le voyage en Europe. Sa mère, qui lui avait dit que partir à l'université était une erreur - qu'elle reviendrait de toute façon à Brainard. Sa mère, dont elle savait qu'elle se tiendrait dans la cuisine sans air, buvant du café instantané dans la même tasse en forme de tournesol qu'elle avait depuis la naissance de Kate. Sa mère qui avait pratiquement dû supplier le père de Kate de l'épouser et qui n'avait même pas de passeport. Kate attend les éloges ou même un soupçon de jalousie lorsque sa mère prend une grande gorgée de café et dit : «C'est une si grande décision. Pourquoi se presser ?»

Au-dessus d'eux, la tour de l'horloge s'anime d'un profond carillon. Des sculptures d'hommes grandeur nature tournaient au-dessus de la foule sur un grand disque.

«C'est le défilé des apôtres», lit Dan.

Les apôtres regardent les gens d'en haut, les jugent, et une femme aux cheveux argentés désigne une statue de la mort qui fait maintenant sonner une cloche. «Les figures gravées sur le côté représentent quatre maux et quatre vertus», explique Dan. «Le défilé a lieu toutes les heures.

Kate jeta un coup d'œil à travers la foule où au moins soixante-dix personnes s'étaient rassemblées. Chaque jour, chaque heure, les gens venaient ici pour voir les majestueuses roues dorées de l'horloge et la condamnation publique des apôtres. Les quatre maux s'abattaient sur eux - la folie, la cupidité, le plaisir et la mort. Kate n'est pas sûre que la mort soit un péché puisqu'elle arrive à tout le monde.

«La République tchèque est un pays très catholique», explique Dan.

Après l'horloge, ils ont traversé à pied le pont Charles, par-dessus de l'eau écumante de la Vltava. De hautes lanternes jaillissaient du trottoir comme des arbres aux teintes sépia. De l'autre côté, la route s'étire en une longue pente vers le château. «Je peux le voir ! s'exclama Kate.

Dan lui a baisé la joue et la peau des avant-bras de Kate a rougi. Elle ne voulait pas que Dan pense qu'elle était l'une de ces filles qui passaient leur enfance à découper des photos de mariées et à reconstituer des contes de fées. Elle ne jouait même plus à la poupée depuis qu'elle avait découvert la course à pied et la sensation de se transformer en antilope, d'abord dans les collines derrière sa maison, puis plus tard dans les bois moussus lors d'une course de fond. Elle a vu un cerf le jour de sa première course de trois kilomètres. Elle avait gagné un ruban bleu aux championnats régionaux et s'était classée aux championnats d'État. Les cerfs étaient un signe de chance, disait sa mère, et Kate avait été admise à l'Eastern Michigan State. Elle était pleine de chance jusqu'à ce qu'elle se déchire les ischio-jambiers au cours de sa première année d'études. Elle a manqué le voyage de l'équipe senior au Portugal. Dix ans plus tard, l'arrière de sa cuisse gauche est toujours douloureux par temps froid.

La route du château était bordée de boutiques en pierre et de vieilles fenêtres en verre laiteux à travers lesquelles Kate pouvait voir des chandeliers en argent et du cristal de Bohême. Il n'y avait pas de cerfs, mais le simple fait qu'elle ait réussi à passer la douane, à sortir des États-Unis et à se rendre à Prague devait signifier qu'elle avait de la chance. Personne dans la famille de Kate n'avait jamais voyagé à l'étranger, mais Kate voulait ressembler aux femmes qui l'avaient fait. Sa colocataire, Heather, est revenue de ses voyages après avoir beaucoup baisé et bu de l'absinthe, en portant un rouge à lèvres prune foncé appelé VAMP. Heather a offert à Kate une de ses photos du château de Prague lors de la remise des diplômes. Kate l'a d'abord accrochée à son tableau d'affichage, puis derrière un aimant sur son réfrigérateur, avant de l'exposer dans un cadre doré au-dessus de la fausse cheminée de son nouvel appartement - celui dans lequel elle a emménagé lorsqu'elle a rencontré Dan. Le château d'or était son nouveau porte-bonheur. Quelque part dans l'ombre des alchimistes et magiciens de Rudolph I, Kate a pensé que ce château pourrait peut-être accorder une bénédiction - une bénédiction.

«Le château a été construit en 880 par le *prince Bořivoj de la maison des Premyslides.*

Kate rentra ses bras dans son manteau et regarda la manche du pull de Dan. Il était bleu marine et fait d'une épaisse laine câblée qui avait commencé à se dégarnir près des coudes. Il le portait constamment le week-end ou pendant les vacances, associé à un pantalon kaki et à un certain type de mocassins de luxe privilégiés par tous les autres jeunes hommes qui vivaient à Murray Hill et travaillaient dans la finance. Elle aimait les vêtements qu'elle avait vu les hommes du quartier porter ici, des pantalons à larges jambes ou des jeans minces comme des cigarettes et de longues écharpes enroulées trois fois autour du cou. Ils avaient l'air intéressants, artistiques, pas une copie de tous les habitants de New York.

«Hé, encore une de vos boutiques de marionnettes». Dan désigna une porte rouge.

Les marionnettes de cette boutique sont suspendues à des crochets d'argent qui couvrent tout un mur de pierre. Les rayons du soleil dansaient sur les membres pendants de clowns pantalons aux visages peints, de diables en bois rouge aux sourcils arqués et au menton allongé, et de jeunes filles blondes aux joues roses vêtues de lederhosen. Une femme vêtue d'une ample robe de lin et coiffée d'un chignon est assise sur une chaise pliante à côté de la porte. Ses mains étaient relâchées sur ses genoux et ses yeux s'ouvraient par intermittence, ne révélant que des globes oculaires blancs et humides.

Dan ignore la femme et se dirige vers la boutique. Il tira la jambe d'un bouffon de cour en bois portant un chapeau rouge et violet avec de minuscules clochettes aux extrémités.

«Ils sont plutôt amusants», a déclaré Dan.

«Ils ont l'air de vouloir vous tuer dans votre sommeil», dit Kate. Dan a soulevé un clown en pantalon de soie blanche du centre de la salle de spectacle.

Le clown s'est mis à tirer sur le treillis et à tirer sur les poignées de bois pour lever les bras, puis donner des coups de pied dans les jambes. La bouche du clown ressemblait à un trou rouge. Plus il bougeait, plus Kate pensait le voir s'animer.

La femme renifla et ouvrit les deux yeux. Ses iris avaient roulé sous ses paupières. Elle dit quelque chose avec beaucoup de consonnes. Il est impossible de comprendre le tchèque. «Come», dit-elle en anglais.

Dan se glisse derrière elle. «Ne sois pas grossier», dit-il.

Kate serra les poings et suivit la femme dans le magasin. L'air était vicié, comme si l'eau avait transformé le bois en moisissure. Une grande table épaisse occupait la majeure partie de l'espace. Des jambes et des bras en bois, des têtes chauves avec des trous vissés dans le cuir chevelu pour les cheveux et des chapeaux jonchaient la surface. Une marionnette masculine avec un col à volants élisabéthain et un chapeau de satin bleu foncé pendait le plus près du bras de Kate. Kate fixa la poupée. Ses yeux étaient peints en bleu, et lorsqu'elle se déplaçait vers la droite et regardait en arrière, les yeux de la poupée semblaient la suivre.

Le commerçant a donné un coup de coude à Kate. Elle désigna la marionnette au chapeau bleu, puis Dan et se mit à rire. C'était un son affreux qui remontait le long de la colonne vertébrale de Kate. Kate pouvait voir la langue grise de la femme et ses nombreux plombages en argent, et son souffle se bloqua dans sa gorge. Elle se jeta en avant et fit tomber la marionnette de son crochet.

«Chérie», dit Dan. Il soulève Kate et la guide jusqu'à l'entrée.

La femme les suivit dans la lumière du soleil tandis que Kate se penchait pour poser ses mains sur ses genoux. «Je vais chercher de l'eau», dit Dan.

Kate lui saisit le biceps et lui montra la colline. Elle pouvait entendre la respiration asthmatique du commerçant derrière elle tandis qu'elle tirait Dan à travers une ouverture dans le flot de touristes se dirigeant vers le château.

Lorsqu'ils eurent parcouru au moins quinze mètres, Kate se retourna. La femme se tenait devant la boutique, son armée de marionnettes derrière elle. Quand elle a vu que Kate regardait, elle a serré sa main dans son poing, a embrassé l'enroulement de ses doigts, puis a soufflé le baiser à Kate.

Kate saisit le pull de Dan et se déplace comme un poisson au milieu d'un groupe de femmes aux cheveux de neige portant des imperméables pastel et des écharpes nouées dans le cou.

Elle repasse l'intérieur de la boutique dans son esprit, et sa vision se pixellise. Le visage de la poupée et le chapeau bleu se transformèrent en images kaléidoscopiques, puis une grisaille frissonnante, et enfin l'oubli. Sa poitrine se resserra en y pensant. Même si elle pouvait respirer dans la rue, elle se sentait déséquilibrée. Il lui fallut une minute pour trouver l'origine de l'étrangeté. Son gros orteil gauche s'était complètement engourdi.

«Tu as vraiment peur des marionnettes ? demanda Dan. Il lui prit la main et la guida vers un espace plus dégagé dans la rue.

«Des marionnettes», a répondu Kate, «et c'était probablement juste le décalage horaire». L'enfoncement de l'orteil avait-il commencé dans la boutique ou après que la femme ait soufflé le baiser ?

Dan attend qu'elle réponde à sa question sur les marionnettes, mais elle ne veut pas s'expliquer sur les marionnettes. Son père lui avait lu un livre quand elle était petite. C'était le livre de sa mère, rapporté d'Allemagne quand elle était petite... un vieil exemplaire surdimensionné et illustré de Pinocchio. Le livre avait des pages moisies et une odeur aigre, et Kate trouvait toutes les images terrifiantes. La pire page représentait un Stromboli aux yeux rouges, attachant un Pinocchio en pleurs à un cadre de marionnettes et le forçant à danser sur une scène devant une foule en délire. Dans cette version, Pinocchio est maudit par un scarabée noir parce qu'il n'a pas été un bon fils pour Geppetto. C'est cette malédiction qui a permis à Stromboli de l'enlever et de l'empêcher de devenir un vrai garçon.

«Le père de Kate lui a dit que les malédictions n'existaient pas lorsqu'elle l'a supplié de ne pas lire le livre. Même aujourd'hui, plus de vingt ans plus tard, lorsque quelque chose l'effrayait, comme un coup frappé à la porte de l'appartement alors qu'elle n'attendait personne, l'image qu'elle voyait était ces membres de bois tordus, ces sourcils diaboliques et Stromboli faisant danser ses marionnettes comme des esclaves pendant qu'il riait.

«Ce n'est pas une phobie ou quoi que ce soit d'autre», a-t-elle déclaré.

«Petite idiote», dit Dan.

Kate voyait clairement les portes en fer du château. Des cordes de velours empêchaient une file d'attente de plusieurs dizaines de personnes d'entrer.

«Katie-boo», dit Dan en lui chatouillant les hanches. Son petit doigt de pied picote maintenant. *Son pied s'endormait-il ?* Elle secoua sa botte. Son petit doigt de pied était complètement engourdi.

Peut-être n'a-t-elle jamais remarqué les surnoms parce que tous les hommes qu'elle a fréquentés à New York étaient comme Dan. Ils donnaient aux femmes des noms infantilisants, buvaient des daiquiris à la banane et écoutaient Cold Play. Dan a balancé son bras et a essayé d'attraper sa main.

Pourtant, Dan lui avait fait découvrir les sushis, le ballet au Lincoln Center et les films indépendants à l'Angelika. Kate était séduisante, certes, mais inexpérimentée et fade comme le Midwest. Elle travaillait dans un cabinet de kinésithérapie de l'Upper West Side, où elle lubrifiait les mouvements des hanches gériatriques et faisait semblant d'oublier l'idée d'obtenir un master en médecine du sport pour pouvoir travailler avec des jeunes filles douées pour l'athlétisme. Elle n'avait rien de spécial non plus. Y penser lui donnait des sueurs froides.

Kate et Dan se dirigent vers la file d'attente derrière les cordes de velours. Une femme en tailleur beige tenait une planchette à pince. «Le château sera fermé pendant une heure pour le déjeuner», annonça-t-elle en anglais.

Kate a donné un coup de pied dans un des pavés. Elle n'a toujours pas retrouvé la sensibilité de ses deux orteils. C'est tellement étrange de ne rien sentir dans ces orteils.

«Devons-nous attendre ?» dit Dan. Bien sûr, ils allaient attendre. Le château, c'était tout l'intérêt. Elle aurait pu demander des billets pour *Rigoletto* à l'Opéra national ou le menu dégustation de CottoCrudo. Le château leur coûterait moins de 20 dollars. Tout ce qu'elle demandait, c'était un peu de temps. Quelque part entre ces murs, elle sentirait la chance et connaîtrait son avenir avec Dan.

Une grappe de touristes se dirige comme une amibe vers les boutiques situées sur le côté gauche de la rue. À côté d'un stand de cartes postales, un auvent noir s'étend sur une porte en pierre. Un homme vêtu d'une cape noire fait face à la foule et s'écrie : «Bienvenue au seul et unique Opéra de marionnettes Don Giovanni». De sa main libre, il passe la main à l'intérieur de la cape et tend un personnage en bois au nez crochu, vêtu d'une cape assortie. Des violons s'animèrent grâce à un haut-parleur fixé dans l'embrasure de la porte derrière lui. La marionnette fait claquer sa cape sur son cou et ouvre la bouche pour «chanter» en rythme avec la musique.

«Incroyable ! a déclaré Dan.

«Prochaine émission, à deux heures», dit l'homme.

«Nous allons rater la visite du château», dit Kate, mais Dan n'était plus à côté d'elle. Il s'était précipité aux côtés de l'homme à la casquette. Kate le regarda sortir son portefeuille et revenir en trottinant vers elle dans la rue.

«Tu es fou», dit Kate.

«Qu'est-ce qu'on dit ? Dan a demandé : «Fais chaque jour quelque chose qui te fait peur». Il lui tend un ticket rectangulaire en papier. Kate éprouvait un véritable mépris pour Dan, son pull, ses mocassins cirés et son pantalon kaki légèrement plissé sur le devant. Elle avait été si heureuse quand il lui avait parlé de la bague.

Un homme de grande taille tapote l'épaule de Dan. «Je crois que tu étais derrière moi dans la file d'attente, mon pote», dit-il. Il avait l'air un peu plus âgé qu'eux, une trentaine d'années peut-être. Une femme longue et plantureuse, vêtue d'un trench-coat Burberry, se tenait à côté de lui. D'énormes lunettes de soleil en forme d'œil de chat couvraient la majeure partie de son visage.

«Britannique ?» demande Dan. «J'ai fait un semestre de printemps à la London School of Economics.

«Nous vivons à Islington», dit l'homme. «Au nord de Londres. Je m'appelle Sean.» Dan serre la main de Sean.

«Voici Annabel.» Annabel se penche en avant et embrasse les joues de Dan une à une.

Sean lève la main vers Kate.

«Je m'appelle Kate», propose-t-elle.

«Enchanté», répond Sean.

«Tu vas aussi au spectacle, alors ?» demande Dan.

Sean tourne ses paumes vers le haut et répond : «Si nous ne voyons pas Don Giovanni entièrement interprété par des marionnettes, je quitterai cette vie sans avoir été comblé. Mais nous allons d'abord chercher un verre.»

Les phrases de Dan se soulevaient à la fin de son discours, comme s'il avait grandi en voyageant de part et d'autre de l'Atlantique. «Nous devrons peut-être nous joindre à vous», dit Dan en désignant Kate. «Celle-ci a peur des marionnettes.

Le théâtre de marionnettes disposait d'un minuscule bar dans le hall d'entrée. L'intérieur était recouvert de velours noir et de fausses lanternes dépassaient de l'entrée. Ils prirent tous les quatre la seule table haute avec quatre tabourets. Sean leur acheta des Pilsners auprès de l'homme à la casquette qui se tenait maintenant derrière le bar, une serviette en travers de l'avant-bras. Dès qu'elle s'est assise, les fesses de Kate sont devenues aussi dures que son pied. Sa respiration s'est accélérée. *Quelles sont les maladies qui commencent par un engourdissement des extrémités ? La sclérose en plaques ? La maladie de Parkinson ?* Elle pensa aux paroles d'Heather à propos du conte de fées sombre. Elle pensa aux mots d'Heather sur le conte de fées sombre, sur les magiciens de Rudolph. Elle pensa au poing du commerçant et au baiser soufflé. Elle essaya de se lever et vacilla. Elle dut tenir le rebord de la table avec sa main droite pour ne pas tomber.

«Toilettes», murmure-t-elle à Dan. Elle saisit le bord de la table pour se redresser. Son pied et son mollet gauches étaient complètement engourdis. C'était comme si sa jambe gauche avait été façonnée en bois flotté, comme dans une vieille histoire de pirates.

Elle traversa la douzaine de personnes qui se trouvaient dans la pièce exiguë, en mettant plus de poids sur son pied droit et en traînant son pied gauche pour le rejoindre. La salle de bain n'avait qu'une seule cabine, Kate fit glisser le verrou et chercha son téléphone avec sa main valide. Pas de signal. Le forfait international qu'elle avait acheté n'était pas valable. L'étourdissement provoqué par le magasin était de retour. Elle avait entendu parler de femmes de son âge qui avaient eu des accidents vasculaires cérébraux après avoir pris des pilules contraceptives. Le temps de revenir à la table, elle dut sauter les trois dernières marches.

Annabel a retiré ses lunettes de soleil, révélant des yeux de la couleur d'une pierre de lapis-lazuli. Sa peau était immaculée et brillante. Elle était si séduisante que Kate oublia le bois creux de ses membres inférieurs et se contenta de la regarder. Sean embrassa son bras, puis ses doigts l'un après l'autre. Sean ne marchait probablement pas trois pas devant Annabel.

Les haut-parleurs installés au plafond ont toussé et ont commencé à jouer une version statique de ce que Kate supposait être l'ouverture de l'opéra. Elle ne connaissait pas vraiment l'histoire, mais le guide du visiteur de l'hôtel avait parlé de la pièce. «Les diables entraînent Giovanni en enfer, c'est ça ? demanda-t-elle lorsque Dan s'arrêta de parler pour avaler sa bière.

«Il le méritait», a déclaré Sean.

«La première a eu lieu ici, à Prague, au Théâtre national, en 1787», répond Dan, déjà au téléphone.

Sean avait vu l'opéra plusieurs fois à Londres et racontait l'intrigue tandis que Kate s'emparait du téléphone de Dan. Son index droit picote maintenant. Elle avale de l'air tout en essayant de paraître calme. Si cela s'étendait à sa gorge, elle ne pourrait plus respirer. Elle n'avait pas appris le numéro d'urgence de la République tchèque. Comment faire pour appeler une ambulance ?

Les lanternes commencèrent à s'allumer et à s'éteindre. Sean déversa le reste de sa bière au fond de sa gorge. «C'est l'heure du spectacle.»

«Je ne peux pas», dit-elle.

„Katie . . . Katie-Boo", dit Dan. «Nous verrons le château juste après.» Kate avait envie de courir vers la lumière crue de la place. Elle ne se souciait plus du château. Elle était convaincue qu'elle pouvait maintenant sentir le creux se répandre dans son bassin. Sa bouche était étrange,

et ses joues se durcissaient.

L'homme à la casquette est apparu devant une porte étroite. Alors qu'il agite la soie noire vers eux, des cymbales retentissent dans les haut-parleurs.

Dan l'aide à se lever du tabouret en la tenant par le coude. «Je te tiendrai la main tout le temps», dit-il.

À l'intérieur du théâtre, Kate a l'impression d'être entrée dans une bouche géante. Les sièges étaient de couleur crème, les murs étaient recouverts de velours rouge. Dan suivit Sean et Annabel jusqu'aux sièges de la quatrième rangée. La scène était noire et décorée d'une façade peinte d'un escalier à côté d'un bâtiment avec un balcon blanc. Les lumières se sont éteintes et la musique du violon provenant du hall d'entrée s'est élevée et s'est intensifiée. L'air est frais et humide. Kate ne sentait plus ses pieds ni ses jambes, et son torse était aussi creux qu'une flûte. Même son cuir chevelu s'engourdissait. Elle ouvrit la bouche. Elle doit demander à Dan d'appeler un médecin. Ses lèvres durcirent comme de la tire, tandis qu'elle remuait le cou.

La servante de Don Giovanni est apparue sur scène, mais elle ne pouvait pas parler. Elle ne pouvait pas faire un geste. Le durcissement descendit un à un les boutons de sa colonne vertébrale tandis que les violons reprenaient, rapides comme les ailes d'un oiseau-mouche.

C'est alors que Giovanni entre en haut de l'escalier en pantalon et une chemise et une cape à volants. Bien qu'il soit en bois, il est Avec ses baguettes, il incarnait la corpulence et la richesse. Donna Anna lui donna une claque sur la poitrine et courut chercher son fiancé. Le père de Donna Anna, le grand Commendatore, s'approche. Giovanni dégaina une épée. Kate voyait à peine les cordes qui faisaient bouger ses bras. Même la violence était belle, comme un ballet flottant. Quels jeux de lumière ! Giovanni transperça le père de Donna Anna et un ruban de soie coula comme du sang de son abdomen.

Kate ne pouvait plus faire de bruit. Elle s'enfonçait dans le vide. Alors que le sang du Commendatore s'accumulait sur la scène, la pensée d'autres choses qu'elle ne pouvait pas faire s'imposait à elle en cascade. Elle n'arrivait pas à décider si elle aimait l'Upper West Side ou le West Village. Elle n'arrivait pas à décider si elle retournait vivre dans la triste maison de sa mère à Brainard, si elle restait au cabinet de kinésithérapie à New York ou si elle retournait à l'école.

Le Commendatore tué se plie à la taille et tombe à terre. Il était mourant, mais il a quand même levé le torse pour chanter son dernier duo avec Giovanni. Une délicieuse sensation de chute se répandit dans sa tête tandis que le durcissement se déplaçait à l'intérieur de sa poitrine et traversait ses côtes pour former un petit cocon autour de son cœur. Elle ne pouvait pas dire à Dan qu'elle ne l'aimait pas... qu'elle ne voulait pas être mariée.

Kate ne pouvait pas tourner la tête, mais elle pouvait voir, entendre et respirer, du moins pour l'instant. La voix du père mourant de Donna Anna était plus belle maintenant que toutes les notes qu'il avait chantées auparavant. Il a tendu un bras vers le public et vers elle en particulier, aime à penser Kate. Le baiser de la femme du magasin... le durcissement... ce n'était pas si mal en fait.

On pourrait la suspendre quelque part, à un petit crochet d'argent, et attendre.

TARIFA

Ma mère ne me racontait l'histoire qu'aux rares occasions où mon père se déplaçait pour son travail. Elle sortait alors une bouteille de Drambuie. Seulement quand il pleuvait.

«Nous étions trois filles», commence ma mère, «sur une route quelque part entre Marbella et Tarifa, où notre ami espagnol Seneca nous a dit que nous allions camper pour la semaine. Nous avions dix-huit ans cette année-là. Loin de nos parents pour la première fois. C'était avant les téléphones portables, l'internet. Quand les Américains étaient des touristes sans visage et sans trace qui achetaient des billets d'avion.

Nous avons acheté des Europass et dormi dans des auberges pour cinq dollars par jour. Nous voulions

Mais Seneca a dit : «Pourquoi devrions-nous payer alors que nous pourrions voyager gratuitement ? L'auto-stop se fait tout le temps ici, dit-elle. Les garçons que nous avions rencontrés à Malaga avaient pris des motos et nous avaient dit qu'ils nous rejoindraient au camping. Les conducteurs s'arrêtent toujours pour les filles, avaient-ils dit.

Esther était plus petite, avait une poitrine menue et semblait la plus déçue par l'auto-stop. Elle jouait encore à des jeux de rôle et organisait de faux combats d'arts martiaux avec des garçons ringards de notre lycée, et se promenait avec des cartes à collectionner représentant des filles aux cheveux sauvages, avec des éclairs sortant de leurs mains ou chevauchant des dragons. Dans chaque ville que nous avons visitée, elle a acheté une figurine en verre d'une sainte différente : Aurelius et Natalia. Casilda de Tolède. Colombe d'Espagne. Son sac à dos ressemblait à un emporium de poupées, et il était si lourd que je prenais parfois mon tour pour permettre à Esther de se reposer. Les figurines mesuraient 15 cm de haut et étaient faites d'un lourd verre de lait. Casilda s'était cassée quelque part dans le train entre Madrid et Marbella. Le verre était assez déchiqueté pour couper une veine, mais même si Esther l'avait enveloppée dans un t-shirt de l'équipe de natation, je transpirais en marchant et je sentais la taille coupée de Casilda me piquer à travers la toile.

Je ne portais pas son sac le jour où nous avons fait du stop parce qu'Esther boudait depuis que Seneca et moi avions fait équipe avec les garçons sur les motos. Nous lui avons dit qu'elle était belle et que beaucoup de garçons l'aimeraient. Peut-être - avons-nous dit - qu'il suffisait de ranger les jouets.

Nous avons marché pendant plus d'une heure et n'avons pas vu de voiture. Même l'air de l'autoroute sentait le sable. Le ciel était violet et noir alors que nous errions sur un viaduc, au-dessus d'une ville dont je n'ai pas pris la peine de demander le nom. Nous avions quitté Séville depuis un jour. Des arcs mauresques en pierre perforée. Des bâtiments qui avaient résisté pendant des siècles, fragiles comme de la dentelle. Maintenant, nous marchions le long d'une falaise sans garde-fou, à cinquante, peut-être cent pieds au-dessus des lumières clignotantes des maisons et, plus loin, de l'océan.

Lorsque la voiture a pris le virage, les phares ont clignoté deux fois. Une berline bleue, une vieille berline avec des ailes en pointe.

Je peux vous aider, les filles, a dit le chauffeur. Ou peut-être a-t-il dit autre chose. Mon espagnol n'était pas très bon, mais j'ai compris le couteau. Mon frère en avait un semblable, qui lui venait du corps des Marines : un Ka-bar, manche en cuir trapu, lame en métal noir de sept pouces. Une odeur aigre de vieux whisky venait de l'intérieur de la voiture, de derrière ses lèvres gercées.

«L'homme a dit quelque chose comme ça et a ouvert la portière du conducteur en grand pour qu'on puisse voir le couteau dans les phares et qu'il soit difficile de le contourner. Esther a reculé jusqu'à ce que les talons de ses chaussures touchent la pointe de la falaise. J'ai regardé la route, au-delà des phares de la lune blanche. Nous pouvions courir, mais il nous dépasserait en voiture. Mes genoux se sont bloqués. Je me suis sentie étourdie.

Les épaules de notre amie espagnole se sont voûtées pendant une minute. Puis elle a commencé à traîner le bout de sa sandale dans le sable poussiéreux.

«Je suis sûre qu'on peut trouver quelque chose», dit-elle en se léchant la lèvre inférieure. Le visage de l'homme se décompose. Il a tambouriné le manche du couteau contre sa cuisse. Je ne pouvais pas regarder Esther, dont j'étais presque sûr qu'elle était encore vierge. Je ne pouvais pas penser que ces doigts touchaient l'un d'entre nous ou qu'Esther sauterait s'il le fallait. Je ne pouvais pas penser à ce que Seneca faisait, en agissant comme si nous allions obéir à ce type, à son long corps et à son visage sournois. Puis, tout d'un coup, j'ai pensé qu'elle était peut-être fatiguée comme je l'étais. Fatiguée d'attendre que cela se produise, fatiguée de se défendre contre cela.

Ma mère demandait : «Tu as compris ?» et prenait un verre de Drambuie, et la pièce se remplissait d'une odeur de miel et de clous de girofle.

Assise dans notre petite maison de Madison, je me disais que je ne comprenais pas. Puis, comme une suggestion hypnotique, je sentais la fatigue m'envahir. Je me disais que j'étais fatiguée depuis l'école primaire, depuis le collège, depuis les soirées pyjama, depuis que je regardais les informations, depuis que j'avais assisté à la formation obligatoire «Comment ne pas se faire violer» lors de la semaine d'orientation des étudiants de première année, l'année dernière.

Ma mère posait son verre sur la table et recommençait à parler.

«Seneca a baissé sa chemise d'une épaule. J'ai redressé mon corps et sorti un peu mon cul pour montrer à quel point il remplissait mon short en jean. Je me suis dit que ce n'était peut-être pas aussi grave si on l'invitait, si on se penchait, comme j'avais entendu une femme dans un documentaire dire qu'elle l'avait fait - quand elle avait été violée. Comment elle avait verrouillé son visage sur les yeux du violeur, se forçant à le voir comme un petit garçon qui ne demandait qu'à être aimé».

Lorsque ma mère racontait cette partie de l'histoire, je me demandais toujours comment allait la femme du documentaire, si elle avait réussi à conserver la compassion, la transcendance, ou si elle était complètement foutue. Je me disais qu'elle était probablement complètement foutue et que je l'étais aussi, que nous l'étions tous.

«Il s'est d'abord attaqué à Seneca», disait ma mère. «Les hommes l'ont toujours fait.

J'étais toujours très tendue à ce moment-là. Je pensais à leur amie Seneca et à ses longs cheveux bruns ondulés, à ses longs doigts de pianiste que j'avais vus dans les albums photos de ma mère. «Il n'a jamais vu Esther arriver.»

C'est comme ça que j'imagine qu'ils l'ont trouvé. La portière de sa voiture encore ouverte. Casilda de Tolède pendue à son cou, sa chemise tachée de rouge sombre, les clés sur le contact, tournant au ralenti dans la nuit.

CIEL NOCTURNE

C'était comme si Joyce avait été enlevée.

Pas Joyce quand Ned l'a rencontrée, mais la Joyce récente - la Joyce qu'il avait pris l'habitude d'appeler Joyce Two. C'était tout à fait normal que Joyce Two disparaisse un mercredi au milieu de la nuit, arrachant Ned à son sommeil par la sonnerie stridente de son téléphone. Il s'était précipité dans la voiture et avait parcouru les quatre-vingt-dix minutes qui séparaient Chicago du Neptune Camping Park. Les aisselles trempées de sueur, il courait vers ce qui était désormais le lieu de pèlerinage de tous les «croyants» en ET, simplement parce qu'il y a deux ans, quelques jeunes ivres avaient produit des images photoshoppées de lumières dans le ciel au-dessus du lac de Neptune.

Ned se tenait sur le seuil de la petite cabane de Joyce - une boîte d'allumettes d'un étage et d'une pièce - et fulminait. La porte était entrouverte, le lit défait, et l'odeur de quelque chose d'huileux et de métallique emplissait ses narines. Le père de Joyce avait été officier de marine et avait élevé ses enfants comme s'ils étaient sa nouvelle classe de cadets. Joyce faisait son lit quand il dormait chez elle, son lit quand elle dormait avec lui, et même les lits d'hôtel avec des coins militaires impeccables dès qu'elle en sortait le matin.

Joyce n'avait pas aimé son éducation, pas plus que Ned n'avait apprécié le christianisme oppressif de sa mère évangéliste, mais ils étaient tous deux façonnés par leurs racines. Lorsqu'ils s'étaient trouvés, ils s'étaient juré de ne jamais être fanatiques de quoi que ce soit, et s'ils avaient des enfants (Ned avait été ravi de la rapidité avec laquelle la conversation avait tourné autour de ce sujet), ils les élèveraient dans le respect de la raison et de la science et ne les endoctrineraient pas.

S'avançant un peu plus dans la cabine, Ned trouva le téléphone de Joyce, jeté au bord de ses draps emmêlés. Il crut d'abord que l'écran était brisé, puis il vit que le verre était intact, mais qu'il portait une image figée en forme de glaçon. Elle refusait de se disperser, même lorsqu'il l'avait redémarré. Tous ses vêtements étaient là, et son portefeuille était dans son sac à main, sur la commode bon marché qu'elle avait trouvée dans l'allée derrière l'appartement de Ned et qu'elle avait amenée dans sa voiture jusqu'au parc de mobil-homes. L'odeur se plaqua contre son front. Il se pince le nez. Elle avait dû changer de marque de diluant pour peinture ou renverser du propane sur l'herbe à l'arrière. Il empocha son téléphone, ferma la porte et la verrouilla avec son double de clé.

Les poumons de Ned se resserrèrent lorsqu'il regarda les arbres épineux. Il aurait aimé ne jamais la conduire ici, ne jamais voir les ventres de bière, les tristes caravanes aux roues rouges, blanches et bleues délavées, immobilisées dans une paresse perpétuelle sur les terrains en gazon synthétique, les familles qui se chamaillent, qui montent des tentes igloo et simulent des sourires pour les cartes de Noël, ne jamais voir les Neptuniens, les milléniaux aux yeux de verre, pas tout à fait là, la vérité est là, qui ont fait de Neptune leur résidence d'été.

Mon Dieu, pensa-t-il en arpentant le chemin de gravier, il avait en fait permis à Joyce d'agir. Comme on le ferait en achetant de la bière à un alcoolique. Il y avait participé même s'il était inquiet pour Joyce et furieux qu'elle ait décidé de quitter la ville - de le quitter - juste au moment où ils commençaient à chercher des maisons dans le West Loop pour s'y installer ensemble.

Ned était le genre d'homme qui soutenait les rêves de sa femme, quoi qu'il arrive. Il avait assisté aux expositions du premier vendredi dans les galeries de la rue Franklin, avec les trains de banlieue grondant sous le ton prétentieux d'artistes en difficulté, et avait siroté du vin doux comme du jus dans des gobelets en plastique de la taille d'une école maternelle. Il a prêté de l'argent à Joyce lorsque quelqu'un lui a volé ses pourboires au salon de coiffure et ne lui a jamais rendu la monnaie de sa pièce. Il a même convaincu son patron du cabinet comptable d'acheter trois tableaux de Joyce pour les accrocher dans le hall d'entrée, bien qu'il ne comprenne rien à l'art abstrait. Il l'a conduite à Neptune alors que son corps s'était révolté dès qu'il avait vu l'endroit, comme un chien foudroyé. Il a obtenu son permis de camping en ligne et a transporté les boîtes remplies de pots de peinture graisseux, de pinceaux effilochés dans des bocaux de maçon et de toiles enroulées si lourdes qu'il s'est pincé un nerf dans le cou en les transportant de la voiture à la cabane. Il puait la térébenthine depuis des jours.

Tout cela, il le faisait volontairement parce qu'il l'aimait, parce que leur amour était comme la vie dans une de ces chansons country saccharines qu'il avait détestées auparavant. Il se sentait rayonnant après avoir été avec elle - il marchait pendant des heures après l'avoir touchée, dans une brume dorée et vaporeuse.

Ned passa en revue les structures de Neptune, semblables à des jouets, toutes sombres et endormies à 6 heures du matin. Et bien qu'il en doutât, il devait s'assurer qu'elle n'était pas installée quelque part dans le parc avant d'appeler la police. Au début de leur relation, Joyce aurait détesté Neptune avec ses médiums de compagnie, les théoriciens de la conspiration avec des armes cachées sous leurs oreillers, les antennes paraboliques encroûtées sur le toit des caravanes qui diffusent Fox News dans le cerveau des résidents. Elle ne s'était jamais fait prédire l'avenir et croyait que les OVNIs étaient des conneries. C'était une femme qui lisait *Scientific American* pour le plaisir et travaillait dans un salon de coiffure, balayant les cheveux, réapprovisionnant les étagères et tendant des magazines brillants à des femmes dont les sacs à main coûtaient plus qu'elle ne gagnait en un mois - tout cela pour se maintenir dans les toiles et l'acrylique. Elle a peint vingt paysages sur vingt, d'inspiration pastorale et cubiste. Elle lui avait dit qu'un artiste devait travailler son art tous les jours et qu'elle ne prenait jamais un jour de congé pour peindre. Ned l'admire pour cela.

Il y a environ un an, elle avait dit : «Je vais à une séance de tarot chez Gina.» Ned dut réfléchir un moment pour situer Gina. Il pouvait résumer l'image d'une styliste blonde du salon, avec trois piercings dans chaque oreille et un tatouage d'une rose enchevêtrée dans des épines sur l'avant-bras gauche. Ned n'avait jamais été attiré par ce regard dur, et il était même surpris de se souvenir de son nom.

«Ce sera drôle», a déclaré Joyce.

Le tarologue a dit à Joyce qu'elle avait une personnalité indigo et qu'elle devait canaliser une nouvelle forme d'art générée par son âme, au lieu de faire des paysages dérivés à accrocher dans les halls d'entrée des cabinets comptables.

«Mais on ne change pas tout son style de peinture juste parce qu'un cinglé nous le demande», a dit Ned lorsque Joyce a traîné toutes ses toiles au garde-meuble le lendemain.

«Il y a quelque chose qui ne va pas depuis un moment», a déclaré Joyce.

Joyce a enregistré le numéro de la tarologue dans son téléphone et a commencé à la consulter chaque semaine. Ned n'a jamais appris son nom, mais elle a recommandé à Joyce de consulter un guérisseur énergétique pour débloquer son chakra de la couronne. Cela a conduit à une séance de reiki et à une visite chez un herboriste plutôt que chez un médecin lorsque Joyce a commencé à tousser en février. Joyce a toujours eu une explication rationnelle de ces choses. Le reiki appliquait simplement la mécanique quantique pour éliminer les blocages dans le corps humain, et trois mille ans de médecine chinoise ne peuvent pas être des conneries. Elle avait son propre jeu de cartes avec des tourbillons de pastels d'un côté et des messages comme «écoutez votre guidance intérieure» de l'autre. Joyce en tirait une de la pile chaque matin après avoir fait le lit.

«Les cartes ne sont que de l'énergie», a dit Joyce à Ned quand il s'est plaint. «Gina et moi allons voir une chamane la semaine prochaine», a-t-elle annoncé. «Elle va nous faire régresser dans notre vie passée». Joyce a fait des heures supplémentaires au salon pour payer les rendez-vous.

Ned avait vu des femmes susceptibles de rendre visite à un chaman. Il les avait vues dans des librairies, sur le campus de son université, dans des avions - des femmes qui portaient des jupes amples avec des clochettes à l'ourlet, des ombres à paupières dorées dans leurs paupières, et des cristaux suspendus entre leurs seins. Mais Joyce était raisonnable : il se disait athée et réaliste. Il trouvait toute cette histoire de New Age perplexe, irritante mais pas dangereuse. Joyce venait encore dans son lit tous les soirs et s'approchait de lui après avoir éliminé le diluant de peinture de ses ongles et de ses cheveux sous la douche. Jusqu'à Joyce, les femmes avec lesquelles Ned couchait préféraient la position du missionnaire au lit et voulaient qu'il finisse le plus vite possible. Joyce aimait y aller doucement et souriait même quand ses yeux étaient fermés, hochant parfois la tête en embrassant ses côtes comme s'il s'agissait du dessert tant attendu après un bon repas. Elle était heureuse d'incorporer des bandeaux ou un godemiché ici et là.

Sans aucune discussion, un soir, elle a guidé son index dans son anus et a gémi. Ned a été choqué par le plaisir et a failli jouir sans même qu'elle ne le touche en retour. Il a ressenti intensément cette nuit-là, quelque chose qu'il avait toujours ressenti avec Joyce... des irisations... des picotements à travers son bassin. Des répliques, plaisante-t-il avec elle. Parfois, cela se produisait même sans faire l'amour. Il s'imaginait qu'il pouvait parfois le voir, cette lumière dorée et brillante. Il décida que c'était l'artiste en elle qui la rendait magique.

La caravane à côté de la cabane de Joyce était une simple boîte, à peine plus grande qu'un camping-car. Elle avait les mêmes rideaux tronqués que ceux qu'il avait vus dans les camping-cars. De la dentelle délicate, qui ne correspondait pas aux résidents costauds qui se trouvaient à l'intérieur. C'est Gina qui a annoncé la disparition de Joyce à 3h45 du matin.

«Elle ne répond pas au téléphone», avait dit Gina. Elle avait l'air essoufflée ou défoncée. «Je dois emmener ma mère faire une coloscopie dans la matinée. Je ne peux pas rester.»

Ned consulta l'horloge de son téléphone à 6h05. Il appuya ses phalanges contre la porte moustiquaire de la caravane. La plupart des gens ici buvaient beaucoup (qui ne le ferait pas, vivant ainsi ?), et il était sûr de réveiller ceux qui dormaient à l'intérieur. Un carillon éolien retentit au-dessus d'une des minuscules fenêtres. Sur la vitre striée de la fenêtre la plus éloignée de la porte, les yeux de Ned se fixèrent sur un autocollant représentant l'une des peintures de Joyce, de la série «Night Sky». Après les séances de reiki, le style de peinture de Joyce est passé de pas-torals cubistes inspirés de Cézanne à quelque chose que Picasso n'aurait pas inventé : des paysages nocturnes apocalyptiques avec des cieux chargés de feu et de cendres. Puis une série qui dépeint un étrange monde sous-marin pastel où les femmes s'autoproduisent. Après avoir travaillé sur le chamanisme, la sorcellerie, les théories du complot, les prières New Age, l'acupuncture, les teintures, la mécanique quantique, la guérison à distance, le Rolfing, les bains de gong et la canalisation des anges, il était logique qu'elle ait trouvé son chemin vers les extraterrestres.

Il y a eu une poignée de cas supposés au cours de l'année écoulée. Les profils n'étaient diffusés que sur les podcasts les plus fringants, avec des rapports sur les «preuves» de cinq ou six personnes qui prétendaient avoir été enlevées. Ned s'était disputé avec Joyce à ce sujet pendant si longtemps un soir que leurs asperges étaient devenues molles et gluantes dans leurs assiettes.

«Il s'agissait de fugueurs ou de tueurs en série», a déclaré Ned.

«Mais il y a toujours cette odeur sur le lieu de l'enlèvement - une odeur de métal, comme celle d'une éolienne. C'est ce qu'ont dit la police et toutes les familles des victimes», a rétorqué Joyce.

«Quand avez-vous senti une éolienne ?»

«Deux de ces personnes ont disparu à Jolliet et une autre au nord, juste à côté de l'endroit où ces enfants ont pris des photos à Neptune Park», a répondu Joyce.

Après la discussion, elle a pris les photos de Neptune des adolescents et a rempli une toile de vingt sur quinze avec un énorme vaisseau en forme d'aile de chauve-souris au-dessus des arbres, avec des yeux de lampe de poche géants et un mirage de lumière dorée qui scintille dans le parc. On aurait dit un tableau de Vermeer s'il avait été assez vieux pour lire de la science-fiction. Les adolescents ont trouvé Joyce en ligne et ont fait la promotion de son travail auprès de leurs 1,2 million d'abonnés, et le parc a rapidement été envahi par les visiteurs. Des groupes ont monté des tentes, collé des posters des peintures de Joyce sur les côtés de leurs véhicules et collé des autocollants Night Sky sur leurs pare-chocs rouillés. Ils l'appelaient la reine Neptune. Et la reine a répondu en venant vivre avec ses sujets.

«Ils ont pris Queen N ?» dit l'homme groggy qui se présenta à la porte. Il portait une épaisse barbe noire et un manteau bleu en laine brossée avec le nom Buck brodé sur la poche.

«Les francs-maçons pourraient savoir quelque chose», a déclaré Buck.

En tant que gardiens de Neptune, les francs-maçons avaient la capacité de déclencher une alarme silencieuse qui appelait les habitants de Neptune comme des vers d'un rocher retourné. Une femme portant du rouge à lèvres violet se présente à Ned en disant qu'elle est une «bonne amie» de Joyce et qu'elle pratique l'occultisme. Un jeune homme rougeaud, vêtu d'un sweat à capuche vert et portant un sac en cuir volumineux, a déclaré avoir rencontré Joyce hier soir.

«J'anime un podcast intitulé 'Special Encounters'», dit-il en branchant un micro à main sur son téléphone et en l'orientant vers le visage de Ned. Mme Mason, grand-mère de six enfants, distribue du café dans des gobelets en papier à partir d'un grand bidon argenté.

«Il est logique qu'ils prennent la reine N», dit l'occultiste. «On veut toujours l'alpha». Un couple vêtu de t-shirts gris X-Files assortis a hoché la tête. La rage de Ned à l'égard de Joyce s'éleva en un tourbillon d'écume. Joyce était probablement partie pour une quête de vision prescrite par le chaman, et maintenant il était coincé avec cette parade de folie qui agirait - il pouvait déjà le dire - comme un frein à tout progrès qu'il pourrait faire pour la retrouver.

«J'appelle la police», dit Ned.

«Aucune police ne pourra la faire revenir d'où elle est partie», a déclaré M. Buck.

Comme s'il s'agissait d'un signal, ils ont tous levé le visage vers un plateau de cumulus qui s'était installé au-dessus du lac, à travers les épicéas.

«La probabilité d'une visite extraterrestre sur la planète Terre est infinitésimale», a déclaré Ned, exagérant Carl Sagan. Il a immédiatement regretté de leur avoir donné une réponse.

Le couple X-Files a échangé des regards avec les francs-maçons. Ned pouvait sentir leur mépris (ou leur pitié ?). Il était l'infidèle parmi les croyants. Son dos était trempé de sueur. L'espace d'une seconde, il imagina les francs-maçons en réunion nocturne avec Buck. *Nous pourrions attraper*

La garder sous la trappe de notre cabane. Le lendemain matin, l'histoire sera diffusée sur Internet. Neptune deviendrait Woodstock à la tombée de la nuit.

«A la cabane !» s'écrie Buck.

Ned s'est élancé en avant et a composé le 911 en courant. Il aboya le mot Neptune et l'adresse entre deux respirations. Il n'était pas question de laisser Buck fouiller dans le tiroir à sous-vêtements de Joyce.

«Fréon... métal. Comme à Jolliet», marmonna l'occultiste. Buck se laissa tomber à terre et renifla le sol.

Anders a tendu son téléphone vers le plafond. «Je n'ai pas de signal.

«Les ovnis interrompent le courant de la tour», a déclaré la femme du couple X-Files. «Cela fait toujours griller l'électronique.

Ned a senti le téléphone de Joyce, avec son écran glacé, s'appuyer sur sa fesse gauche.

«Joyce utilise du diluant pour peinture», dit Ned.

«La térébenthine est faite de carène, de camphène et de terpinolène.» Buck ouvre le couvercle du pot de térébenthine et le met sous le nez de Ned. «Ce pot sent la même chose qu'ici pour toi ?»

La vision de Ned se brouille. L'odeur était différente, quelque chose de plus herbacé, de plus élevé et de plus métallique.

«Mais il n'y a pas d'agroglyphes», dit Ned. Il a fait un geste vers le sol à l'extérieur de la fenêtre de la cabine. Il essaya de se souvenir de l'article Internet inepte que Joyce lui avait lu dans son bain la semaine où elle avait commencé à peindre «Night Sky». Des signes réels d'enlèvement par des extraterrestres. L'herbe brûlée. Chute de température de soixante degrés juste à l'intérieur de la zone d'atterrissage. «Comment pourraient-ils faire passer un vaisseau à travers ces arbres ?

Une femme que Ned n'avait pas remarquée auparavant se tenait dans l'embrasure de la porte. Elle était à la fois pâle et bronzée. Ses cheveux noirs pendaient en vagues autour de son visage. Elle avait une petite ossature et était très grande. Elle avait quelque chose d'aviaire. «La police va venir chez les francs-maçons», dit-elle. «Je vais marcher avec vous.»

La femme toucha le coude de Ned sous le porche de la cabane, et il sentit quelque chose passer de son bras au sien, comme une petite décharge électrique.

«Ils pensent tous qu'elle a été téléportée sur un navire», dit Ned.

«L'artisanat des ovnis est un fantasme», a-t-elle déclaré. «Des souhaits exaucés par la psyché humaine.» Ned dut la regarder deux fois pour s'assurer que ses lèvres avaient bien bougé. Elle parlait comme un ventriloque sans poupée. Au moins, elle était de son côté.

Ses épaules se sont affaissées et il a grogné : «Exactement !».

Ils trouvèrent un banc de pique-nique avec une vue dégagée sur la cabane des francs-maçons et l'allée qui menait à la route princi-pale en dehors du parc.

«Vous avez remarqué que Joyce est différente», dit la femme après quelques minutes. «Spéciale ? Vous vous sentez différent quand vous êtes avec elle - des berceaux, de l'euphorie, le senti-ment que son corps s'étend au-delà de ses membres, par-ticuliè-rement après l'acte sexuel.»

Ned glissa pour créer plus de distance entre lui et cette femme. Il avait pensé qu'elle pourrait être une alliée, mais elle était proba-blement une amie de l'occultiste, aussi cinglée que les autres.

«Vous décrivez ce que l'amour - je veux dire, ce que le sexe fait ressentir aux humains», a déclaré Ned.

«C'est différent», dit la femme. «Vous le savez depuis un certain temps.»

Ned fixa un œil sur l'allée et scruta les voitures de police. Il était très inquiet pour Joyce et malade à l'idée qu'elle se soit perdue et déshydratée dans les bois ou qu'elle ait été nourrie de drogues psychédéliques par un guérisseur de mauvaise réputation. Il se tourna vers la femme sur le banc. Il remarqua que ses yeux étaient bruns, comme ceux de Joyce. L'œil gauche était plus terne et ne bougeait pas exactement avec l'œil droit. Peut-être s'agissait-il d'un œil de verre, placé là après une blessure. Il se sentit plus doux envers elle. Avec ces os étranges, ses lèvres serrées, l'œil, elle avait sans doute vécu des choses sérieuses.

«Billy Bob Thornton ne veut pas vivre avec des meubles fabriqués avant 1950», a déclaré Ned en racontant ce qu'il avait lu sur Internet. «Nous sommes une espèce bizarre. Mais il n'y a rien d'extraterrestre. Les humains - les humains ordinaires - sont des accumulateurs agoraphobes qui se déguisent en mascottes et baisent entre eux dans les penthouses des hôtels. La femme de mon patron a passé un mois à ne manger que du chou frisé. Du chou frisé ! Elle a dû être hospitalisée et nourrie par intraveineuse pour reprendre du poids. J'ai lu un article sur une femme en Angleterre....» Ned s'est arrêté

et a toussé. Joyce lui avait montré un post sur la femme anglaise. Sa respiration était maintenant rapide et il haletait presque comme un chien, mais il n'avait pas fini. Elle s'appelait elle-même «breatharist». Elle ne mangeait pas et ne buvait pas d'eau pendant des semaines. Elle disait qu'elle était sur terre pour démontrer que les humains étaient faits pour vivre comme des plantes. Tout ce dont elle avait besoin, c'était du soleil et de l'air.»

La femme était restée à l'écart de Ned lorsqu'il s'était déplacé, mais elle s'était rapprochée maintenant, regardant devant elle en direction des francs-maçons où Ned était affligé de ne toujours pas voir de voiture de police. L'herbe et le ciel bleu s'étendaient jusqu'au périmètre du parc.

Il est intéressant que vous utilisiez le mot « espèce «, dit la femme. Ned n'en était pas sûr, mais il commençait à entendre un bourdonnement dans l'air. Probablement qu'un générateur avait été mis en marche dans l'une des caravanes. Il se déplaça encore de quelques centimètres vers la gauche.

Une berline noire et blanche s'est matérialisée et a tourné dans le gravier devant la cabane des francs-maçons. Ils n'ont envoyé qu'un seul homme,

a Un jeune policier aux bras en spaghetti, l'officier Daniels, au visage pâle de vingt ans. Ned voulait une équipe de SEAL, des hommes aux biceps et au cou épais, capables d'enfiler un équipement de plongée ou de drainer le lac si nécessaire.

Ned a répondu aux questions de l'avis de disparition et a montré à l'agent Daniel des photos de Joyce sur son téléphone. Anders a tout filmé. Ned savait qu'il devrait rendre le téléphone de Joyce. Il était certain qu'ils avaient des moyens de le tracer grâce à la compagnie de téléphone portable, et s'il le cachait, cela paraîtrait suspect. Mais il ne le donnait pas encore à l'officier - pas devant Anders, qui ferait un zoom sur l'écran glacé et mettrait les habitants de Neptune dans tous leurs états à cause d'une nouvelle preuve d'OVNI.

L'admission a pris moins de dix minutes, et pendant tout ce temps, la femme a attendu comme un corbeau sous le porche de la cabane des francs-maçons. Buck et les autres ont rampé sur l'herbe comme des chiens errants et se sont resservis de café. L'officier Daniels se mit en route à travers la pelouse en direction de

La cabine de Joyce.

«Je ne vous ai jamais dit mon nom», dit soudain la grande femme à côté de lui. Il ne l'avait pas vue quitter le porche des francs-maçons. Son œil gauche était complètement de travers maintenant, regardant vers le bas et vers sa chaussure. Ned avait la bouche sèche et le cerveau embrumé, comme si quelqu'un avait glissé quelque chose dans son café. Il ne voulait pas connaître le nom de cette femme. Pendant une brève seconde, il imagina qu'elle pourrait décrocher sa mâchoire et émettre son nom dans un langage de sons à haute fréquence, comme un dauphin. Il serra les pans de son jean entre ses doigts.

«C'est Dahlia», dit-elle.

Ned a eu très chaud. Il voulait que Dahlia s'en aille mais se sentait incapable de le lui demander. Dans l'herbe, entre la cabane des francs-maçons et celle des Joyce, le bourdonnement devient aussi fort qu'un coup de vent.

«Connaissez-vous le groupe sanguin de Joyce ?» demande Dahlia. Ned le sait en effet. L'année dernière, ils s'étaient connectés sur Internet et s'étaient donné des contacts en cas d'urgence.

«O», a-t-il répondu.

«O négatif», dit Dahlia. «Un très faible pourcentage de la population en est atteinte. Lorsque les médecins ont identifié ce type de cancer, ils l'ont qualifié d'inhabituel. Extra ordinaire». Elle fait une pause. «Je suis O négatif.»

Ned ne lisait pas les revues médicales, mais il n'avait jamais rien entendu de tel et c'était exactement ce qu'il détestait chez les gens de Neptune. Ils inventent des faits pour justifier leurs illusions. Un intérêt pour l'art égyptien signifiait que quelqu'un avait été Cléopâtre dans une vie antérieure. Un cardinal reposant sur le rebord d'une fenêtre était leur grand-mère récemment décédée qui venait leur rendre visite sous la forme d'un oiseau. Une odeur dans l'air signifiait quelque chose d'extraterrestre. Mais les appareils électroniques gelaient, les gens préféraient certains livres ou certaines œuvres d'art à d'autres... L'air sentait toutes sortes de choses. Rien de tout cela ne signifiait plus qu'un oiseau, une préférence, une odeur.

Le ciel s'assombrit et, pendant un instant, le bleu se fondit dans la couleur d'un raisin violet. «Tu as dit que l'artisanat, c'était des conneries», dit Ned. «Ces enfants n'ont pas vu de vaisseau spatial planer au-dessus du lac Neptune.»

«Ils le sont, et ils ne l'ont pas fait», a répondu Dahlia.

Anders lève son appareil photo vers le ciel. «L'odeur est un résidu de l'ascension. Les gens inventent des objets parce que c'est ce qu'ils veulent voir. Il n'y a pas d'enlèvement. Les seuls qui voyagent sont ceux qui ont commencé par là.»

Avant que Ned ne puisse composer une réponse, le bruit des roues sur le gravier le fit se tourner vers la route. Une file sinueuse de voitures, de breaks, de monospaces, de vieilles camionnettes Ford et de Hondas bon marché et usagées commençait à serpenter dans le parking. Anders courut vers le groupe dans la première voiture, son sac de microphone en cuir cognant contre sa jambe.

Ned avait l'impression d'avoir marché trois jours sur un rocher solide, en montée, sans dormir.

«Joyce est née à Springfield, dans l'Illinois», explique Ned.

«Une partie de vous le savait», a-t-elle dit.

«Aucune partie de moi ne sait quoi que ce soit», a déclaré Ned.

Les épaules de Dahlia remontaient le tissu de sa chemise comme des ailes de couleur chair. Le bourdonnement de l'air s'estompa et Ned entendit Buck grogner contre Anders.

«Et vous ?» dit Ned à Dalia. Il ne la regarda pas, mais fixa ses yeux sur la ligne des plus grands arbres de l'autre côté du lac.

«Nous venons quand c'est notre but de venir.

En moins d'une heure, Neptune est devenu une ruche active. Le soleil avait déjà commencé à descendre vers la cime des arbres. Ned sortit son téléphone de sa poche pour vérifier l'heure, mais le téléphone n'était plus alimenté, la batterie était à plat. Quelqu'un installa une bâche sur quatre poteaux et dressa une table avec deux grils. L'air s'emplit de l'odeur de la viande sur les charbons, qui couvre l'étrange odeur de métal huileux que Ned prie pour ne plus jamais sentir. Des groupes de un, quatre et dix personnes quittèrent leurs véhicules et jetèrent des couvertures sur l'herbe, comme s'ils se préparaient à regarder un feu d'artifice. Le ciel s'illuminait d'orange et de violet sur les bords. *Joyce aurait dû peindre cela*, pensa Ned - la lumière violette sur les arbres verts, le lac bleu et l'herbe qui serait bientôt noire sous les lourdes étoiles.

«Et votre but ?» demanda Ned à Dahlia. Elle se tenait sur la table de pique-nique. Il n'arrivait pas à s'habituer à la façon silencieuse dont elle se déplaçait ni à son discours de ventriloque. Dahlia se contenta de sourire et de le regarder, cette fois avec ses deux yeux. Ses pupilles se dilatèrent et se fixèrent sur son visage.

Ned regarda l'officier Daniels traverser la pelouse en trottinant vers les francs-maçons. Le couple de X-Files, l'occultiste et tous les autres formaient un bloc devant l'équipe de journalistes. Anders demandait une interview. L'officier Daniels remettra une carte à Ned et lui dira d'appeler s'il a des nouvelles de Joyce. La caméraman filme les rouleaux B des pinceaux de Joyce, secs et recroquevillés dans leurs pots de verre épais, et la mer de voitures rampant vers Neptune Park avec des autocollants Night Sky sur leurs pare-chocs abîmés. Le podcast d'Anders atteindra les 100 000 vues. Neptune se confirmerait comme un site extraterrestre certifié. La cabane de Joyce deviendrait un sanctuaire.

Ned a ri jusqu'à ce que la morve lui pende au nez. La fatigue s'est envolée. Il s'essuya le visage avec sa manche et écouta son rire résonner sur le lac Neptune. La foule passa de vingt à plus de deux cents personnes. Quelqu'un a accroché des haut-parleurs à l'un des chênes les plus courts, près de la pelouse. De la musique country... du rock classique... des chansons sur l'amour, non partagé et perdu. Ned grimpa sur la table avec Dahlia et glissa ses doigts entre les siens. Ils étaient doux et chauds, longs et frais, tout à la fois.

PRÊTRES DE POWELL

La vie spirituelle des prêtres de Powell était douteuse. Ils buvaient, mangeaient des flancs de vaches crus et entiers, et laissaient les carcasses comme des fossiles de dinosaures sur la pelouse devant le monastère. Ils couchaient avec les femmes mariées du village, volaient de l'argent, se piquaient avec les abeilles du rucher et, certaines nuits d'été à la nouvelle lune, baisaient les moutons et les chiens.

Nous leur avons pardonné cela à cause du miel. Brun comme le soleil, épais avec des rayons blancs cireux. Il glisse dans la gorge comme une mélasse dorée et produit une sorte d'euphorie que l'on ne pourrait atteindre autrement qu'avec quelque chose de racinaire et de sombre, tiré de la mousse entre les arbres, cultivé dans un pays que nous ne verrions jamais.

Notre seule crainte était de ne jamais être privés de la gorgée, de l'hirondelle d'or, de la propagation de nos corps et de nos esprits qui en résulte, de l'évasion temporaire mais sublime de nos peurs, de nos maladies, de nos querelles, de notre médiocrité, de notre décantation, de nos visages vieillissants, du rétrécissement et de l'engloutissement de la terre. Nous avons donc ignoré les odeurs fétides, les mouches, les vautours qui picoraient dans la cour, les crissements des animaux pendant les chaudes nuits d'été. Nous avons pardonné les os des cimetières, les ventres ronds des femmes, les enfants qui ne ressemblaient pas à leurs pères. Nous avons laissé les prêtres à leur tribunal ecclésiastique, à leur conscience, à leur karma, à leurs moissons et semailles, et nous avons stocké le miel sur six rangs dans nos garages, nos sous-sols moulés, nos étagères de garde-manger, nos armoires de cuisine. Comme des thésauriseurs.

UNE FOIS DE PLUS

Si mon patron, Ed, découvre que je passe un entretien, il me renverra. D'habitude, je ne mens pas. Mais j'ai reçu un courriel concernant un entretien avec Good Media hier, alors j'ai inventé un traitement de canal, j'ai appelé le seul ami que j'ai à Manhattan pour lui demander si je pouvais rester pour la nuit, et j'ai réservé une place en classe économique dans le train Amtrak de Washington à Penn Station.

Je trouve le quai 3B. La fumée s'élève autour des trains imposants. L'odeur de levure et de cannelle du stand de bretzels mous descend de l'aire de restauration située au-dessus. Une femme coiffée d'un chapeau de feutre rouge gronde sa fille. Tous les autres regardent leurs écrans de téléphone, une mer de pouces qui picorent comme des poules. Je ne suis pas du tout nerveuse, me dis-je. J'ai lu que si vous dites quelque chose suffisamment de fois, votre subconscient commence à y croire. Je lève mon pied gauche à un centimètre du sol et je le maintiens. C'est une vieille superstition qui date du CE2. Comme ne pas marcher sur les fissures ou sous les échelles. J'avais l'habitude de toucher les poignées de porte vingt fois chacune et de vérifier le fourneau de notre cuisine au milieu de la nuit, mais maintenant je me contente de lever la jambe. Je suis là, devant le sifflement des rails, comme si je n'avais pas peur, comme si, deux semaines auparavant, le train rapide reliant Philadelphie à New York n'avait pas déraillé, tuant vingt-quatre personnes.

Le plus terrible, c'est que j'avais rêvé d'un accident de train la nuit précédant l'accident. J'ai vu la fumée et les membres éparpillés le long de la voie ferrée. Ce genre de chose s'est déjà produit une fois quand j'avais douze ans. La nuit où j'ai ressenti des démangeaisons au fond de la gorge, la nuit précédant l'explosion du vaisseau *Galileo* V lors de sa rentrée dans l'atmosphère. Je pensais qu'il s'agissait d'allergies parce que l'ouragan Amanda s'abattait sur la côte de Virginie et que l'air était très humide et fébrile. Dans mon rêve, j'ai vu la nacelle Galileo tourner autour de la terre, comme on le voit à la télévision. J'ai vu la fenêtre s'ouvrir, puis des flammes orange chaudes, des hommes criant dans le cockpit, et mon frère était là avec une jambe cassée. Le lendemain matin, j'ai dit à mon frère de faire attention en allant à l'école parce que j'avais rêvé qu'il s'était cassé la jambe gauche. Il a fait un doigt d'honneur et s'est mis à courir devant moi jusqu'à ce que je ne puisse plus le voir. Lorsque le directeur nous a tous fait entrer dans le gymnase pour pleurer les astronautes, mon frère a trébuché en descendant les marches des gradins. Il s'est retrouvé avec un plâtre sur le genou et, sous l'emprise d'analgésiques aux urgences, il m'a montré du doigt et m'a dit : «C'est toi qui as fait ça.»

Mon père était suffisamment inquiet pour m'emmener voir un thérapeute. Je tremblais dans la salle d'attente, de peur qu'on appelle la police et qu'on m'enferme dans une institution psychiatrique, comme dans ces livres que j'avais lus où les filles allumaient des incendies avec leur esprit.

La thérapeute a souri et m'a dit que mes craintes étaient des balivernes. C'est le mot qu'elle a utilisé. «Aucun enfant n'est assez puissant pour faire exploser un vaisseau spatial», avait-elle dit. «Tu n'as pas poussé ton frère dans les escaliers.» Elle a dit à mes parents que je rêvais d'accidents enflammés et de jambes cassées à cause de toute la pression qu'ils exerçaient sur moi pour que j'obtienne des A, que je n'aie pas de petit ami et que je joue au foot même si je détestais ça, afin que je puisse obtenir une bourse pour Vassar. Après cela, ils ont cessé de parler de football et d'université. J'ai quitté l'équipe et ils ont cessé de me parler de quoi que ce soit. Ils m'ont traité comme la plupart des enfants de l'école, comme si j'étais un fantôme. J'avais envie de retourner voir ce thérapeute, mais je ne voulais pas les inquiéter.

Parfois, au milieu de la journée, je crois voir quelque chose dans ma vision périphérique. C'est toujours sur le côté gauche, une vague blanche, comme de la fumée ou l'aile d'un oiseau géant. J'ai commencé à introduire la télévision de table de mon père dans ma chambre et à regarder des sitcoms toute la nuit pour m'assurer que je ne rêvais pas. Je pinçais mon index et mon pouce et chantais joyeux anniversaire lorsque je passais devant un miroir ou une vitrine de magasin pour ne rien voir flotter à l'arrière-plan.

Maintenant, j'ai peur que cela recommence même si je prends les mêmes précautions. Je pense au thérapeute depuis que j'ai fait le rêve du train avec la collision, les poupées aux membres tordus et les corps décapités sur les rails. «Sentir que quelque chose se passe, ce n'est pas la même chose que de faire en sorte que quelque chose se produise», avait-elle dit. «Qu'auriez-vous pu faire exactement pour empêcher tout cela ?»

La nausée remonte au fond de ma gorge. J'appuie sur Spotify, à la recherche de sons de la nature et de flûtes tibétaines que les professeurs jouent pendant les cours de yoga, afin de ne pas penser accidentellement aux photos de CNN : la fumée s'échappant d'un des tunnels du New Jersey, des corps noircis sur des brancards, des membres éparpillés sur les barreaux en fer.

J'ai froid maintenant, en regardant les rails qui me conduiront dans ce même tunnel. Après l'accident, une femme d'Union City, un homme de Newark et un garçon de cinq ans du Queens ont tous déclaré avoir vu une silhouette - quelque chose de lumineux et de nuageux se déversant dans les tunnels de l'Amtrak, une ombre blanche. L'un des tabloïds en ligne a publié une photo floue d'un brouillard irisé, appelant l'apparition «la dame blanche du train». Pourquoi est-ce toujours une dame ? Toutes sortes de personnes sont mortes, des hommes, des enfants. Pourquoi est-ce toujours une femme qui reste derrière le lac, la grotte, la voie ferrée, à se lamenter sans fin ?

L'article sur la Dame blanche a été publié à côté du même bébé de 20 kilos, des mêmes photos de soucoupes volantes et des mêmes campings hantés que ces journaux publiaient depuis des années. Foutaises. Et pourtant, pendant une seconde, les poutres d'acier de la voie ferrée devant moi se faufilent comme un serpent. Un bourdonnement me traverse le corps, comme si les rails chantaient et que mes organes répondaient. Un son triste, comme des notes jouées sur une flûte de pan.

Je regarde l'homme à côté de moi, puis je redescends rapidement. Les rails sont là, inanimés et silencieux comme il se doit. Le haut-parleur grésille. L'embarquement commence dans deux minutes. Tout est calme. Il n'y a que des nerfs à propos de l'accident, de l'entretien.

Les portes argentées du train s'ouvrent et je m'assois dans le wagon silencieux. Des sièges en velours gris, des hommes en costume bleu marine et cravate rose, des femmes en chemise à chevrons avec un gros nœud au cou. Mon téléphone émet un bip avec un message d'Ed. *Prends de la codéine ou ce qu'ils te donneront et reviens ici. L'épisode de l'araignée est prévu pour demain.* Mon ordinateur portable est froid contre mes doigts.

La société de post-production d'Ed, où je suis producteur junior, On-Point Productions, monte des émissions de télé-réalité. Le genre d'émissions sur des gens du Tennessee qui dressent des chiens de soutien émotionnel et qui prennent aussi des psychédéliques, sur des enfants atteints du syndrome de Gilles de la Tourette qui créent des entreprises inter-réseaux, et sur une émission de femmes au foyer où les femmes qui montent dans une certaine ville sont lancées dans l'espace. Les femmes de l'espace se traitent de putes, boivent du Skinny Tang et se disputent pour savoir qui devrait être le visage de la nouvelle crème pour la peau, non respectueuse de l'environnement, de l'émission : Stratosphere.

Lors d'un cours de cinéma au lycée, mon professeur a écrit un courriel à mes parents pour leur dire que j'avais un don pour raconter une histoire, que je savais utiliser les supports visuels de manière à ce que les gens ressentent quelque chose, qu'ils réfléchissent différemment sur le sujet. La télé-réalité venait d'exploser lorsque j'ai obtenu mon diplôme universitaire. Pour mon entretien à On-Point, j'ai proposé une émission qui suivrait un acte de gentillesse aléatoire et toutes ses répercussions. Je commencerais par une femme de New York qui a grandi dans la pauvreté et qui, une année, a reçu une dinde de Noël de la part d'un inconnu. Cette femme nourrit aujourd'hui plus de trente millions de personnes par an grâce à sa fondation. Je trouverais l'une de ces personnes qui a décidé de ne pas se suicider parce que quelqu'un lui a souri à l'arrêt de bus et lui a montré tous les actes positifs qu'elle a accomplis depuis ce jour. Les émissions de téléréalité sont fausses, oui, mais je sais comment être discret, faire en sorte que les gens oublient que je suis là en train de filmer. Je pourrais faire l'émission pour moins de 20 000 dollars. Ed avait grogné. Il m'a dit que je pouvais faire des émissions à la noix sur mon temps libre.

Au cours des deux années passées chez On-Point, je me suis toujours dit que j'acquérais une expérience précieuse dans la post-production d'émissions pour le réseau et le câble. Je fais mes dix mille heures de maîtrise. J'écoute les blagues d'Ed, j'endure ses remarques sur les leggings noirs et les chemises en flanelle que je porte tous les jours au travail - tu es une femme, Celia, tu devrais t'habiller comme telle. Je me force à participer aux excursions de paintball, aux jeux sportifs au bar près du bureau, où Ed pose ses mains sur les fesses des serveuses. Un soir, alors que des clients du réseau venaient de New York, je me suis même forcée à accompagner Ed et le reste de l'équipe dans un club de strip-tease de Dupont Circle.

«Pourquoi nous déteste-t-il ? J'ai chuchoté à Jess, la seule autre femme qui travaille à On-Point.

«Il ne nous déteste pas», dit-elle. «Il se déteste lui-même.

«C'est ton attitude qui pose problème», a écrit Ed dans mon récent rapport d'évaluation. Il a souligné «pas un joueur d'équipe» dans la section des notes qui irait aux ressources humaines. Cette remarque m'a piqué au vif. On-Point est un endroit de plus où je n'ai pas ma place. Comme les soirées pyjama de Rachel Beaman, le volley-ball intra-muros du lycée Monroe, les jeunes professionnels de DC. Je pense que c'est dû à mon visage, à la façon dont mes lèvres s'inclinent vers le bas lorsque je suis détendue, de sorte que j'ai l'air de juger les gens. Je mesure un mètre quatre-vingt-dix.

J'ai une poitrine plate et je suis mince. Je ressemble encore à une enfant. Je rends les gens nerveux.

Mon ordinateur portable claque contre ma poitrine. Le train hurle. Nous sommes toujours en surface, nous passons à toute allure devant des logements sociaux en briques sombres construits le long de la rivière Anaconda. Je branche le disque LACE qui héberge les gros fichiers d'images. Ces trois dernières semaines, j'ai passé mes journées à intensifier les bleus et les verts pour une émission sur des légendes urbaines devenues réalité : un évadé d'un établissement psychiatrique local qui a tué quelqu'un, une femme de l'Arkansas qui s'est réveillée dans une baignoire de glace avec un rein en moins, et une femme de Phoenix qui a utilisé son iPhone pour capturer une horde de minuscules araignées aux pattes velues jaillissant d'un grand cactus dans son salon.

Les images «vidéo» des araignées avaient été mal tournées sur un écran vert. J'ai dit à Ed que je suis presque certain que la femme de la baignoire a demandé à un ami médecin de lui faire une entaille dans le bas du dos avec un scalpel et de falsifier le dossier médical. On pouvait, sans se fatiguer, voir clairement la tige supérieure d'un pénis sur la radiographie qu'ils avaient présentée à l'émission comme «preuve».

Good Media est dirigé par une femme : Cynthia Aimes. Elle ne représente que des entreprises socialement conscientes et écologiquement durables. Sur son site web, Good Media ne mentionne qu'une seule valeur : Give A Damn. J'ai enregistré l'heure de mon entretien avec Cynthia Aimes en surlignant mon téléphone en rose vif. Je m'entraîne à dire «Je m'en fous», en me demandant si je vais passer pour un flagorneur. J'en ai deux.

Sur mon écran : l'image où la première araignée surgit de l'intérieur.

la peau de la femme Phoenix. Même si ces histoires sont ridicules, j'ai à souffrir d'insomnie lorsque j'ai commencé à rédiger *Urban Legends-Revealed*. La nuit, en me retournant dans mon lit, je me retrouvais soudain dans l'étroitesse de la maison de mon enfance à Alexandria. J'ai cinq ans, peut-être six. Je sens la main de mon bouilleur de cru qui me tire par le coude dans la salle de bain moisie au papier peint iris violet pour jouer à Bloody Mary.

«Je vais te faire tourner trois fois, et quand je dis trois, tu verras la reine sanglante et assassinée.» J'avais entendu parler de ce jeu par des filles à l'école. On voyait sa propre ombre et on faisait semblant d'avoir peur. Je ferme les yeux. Un chatouillement d'excitation parcourt mon diaphragme.

«Trois !», crie mon frère.

Mes yeux s'ajustent à la surface argentée du miroir. C'était le même miroir dans lequel je m'étais regardé des centaines de fois, tous les soirs en me brossant les dents. Un miroir mince et bon marché, fixé au mur par des appliques en plastique achetées chez Home Depot. Je m'attends à voir les iris danser le long du mur contre le papier crème, une tranche de lumière provenant du couloir. Je m'attends à voir mon propre visage ricaner et sourire à son tour. Je vois effectivement mon visage, mes épaules, mon petit cou. Mais je vois aussi une silhouette qui brille dans ce cadre. Pas de sang, pas de robe cramoisie. Une reine blanche, les cheveux emmêlés et un visage squelettique aux yeux de bougie avides. Mes jambes se dérobent. Avant de frapper ma tête contre la paroi de la baignoire, un geste qui me vaudrait six points de suture dans le crâne, je sens la femme flotter vers moi. Douce et patiente.

Mon amie Blanca habite à l'angle de la 73e et de la 3e rue, en face d'une école privée pour garçons. Depuis le pas de sa porte, le haut des crosses se découpe sur le ciel derrière une clôture en fer. Les klaxons des voitures et le sifflement des pistons des camions à ordures me font mal aux oreilles. Un enfant en bas âge pleure bruyamment dans sa poussette. Je me tiens à un pied de la porte, en essayant de ne pas salir ma robe. Je sonne le 3B.

Un journal est tombé face contre terre à côté d'une pile de cartons d'Amazon. Une image, manifestement générée par ordinateur, d'un orbe de lumière blanche flottant dans une allée entre deux bâtiments. Le journal a titré sur un trio d'étudiants diplômés qui sont tombés de leur escalier de secours. La semaine dernière, les Knicks avaient perdu un match qu'ils étaient assurés de gagner. Les journaux new-yorkais ont reçu au moins une douzaine d'appels concernant la présence de vapeur blanche dans les toilettes du Madison Square Garden, sur le campus universitaire et dans les allées. «Le spectre blanc de New York», titre le journal. «L'avez-vous vue ?»

Ce n'est qu'un tour de passe-passe, me dis-je. J'ai vu derrière le rideau. Les médias inventent un méchant, créent un mirage, commencent à relier des points qui n'existent pas et tout le monde commence à le voir aussi.

Je me souviens de ce que cette thérapeute m'a dit lorsque je suis allée la voir après le *Galileo* V et la jambe cassée de mon frère. «Tout le monde veut avoir un sentiment de contrôle. La preuve que la vie n'est pas l'expérience chaotique et fulgurante qu'elle est. Ils veulent un coupable, alors ils s'inventent un ennemi ou ils trouvent quelqu'un à attaquer. Le patriarcat est également à l'œuvre ici. Pensez-y : Pourquoi tous les ouragans portent-ils des noms féminins ? Les météorologues vous diront que cela fait partie de la lignée nautique, qu'il s'agit de nommer des bateaux et d'éviter les confusions avec d'autres tempêtes. Mais non. C'est encore une fois Eve. Il faut donner un nom à l'ennemi, de préférence féminin. Tout est artificiel. Les machines explosent, les bateaux coulent, les météores s'écrasent sur les planètes, les ouragans s'abattent sur les côtes». La thérapeute avait parlé si vite que je n'arrivais pas à la suivre. J'avais l'impression d'être au milieu de l'ouragan Janene, tourbillonnant comme un ballon de basket. «Celia. La thérapeute s'est retournée et s'est assurée que je la regardais bien en face. «Il n'y a aucune présence néfaste - féminine ou autre - derrière tout cela. Ne l'acceptez pas.» J'ai dû chercher «néfaste».

Je maintiens mon doigt sur la sonnerie et tire la langue au journal. Le thérapeute avait raison. Personne ne s'est intéressé au fait que le mécanicien du train manquait de sommeil et faisait des heures supplémentaires en raison des menaces de licenciement de la compagnie. Ou que les garçons du West Village buvaient de l'Ayahuasca sur l'escalier de secours sans guide pour les surveiller. De plus, je me suis assuré que je n'avais rêvé d'aucune de ces choses.

Des crosses s'entrechoquent derrière la clôture de l'école. Un klaxon de Mercedes retentit. Je sursaute. Je regarde à nouveau à travers la vitre. L'escalier de Blanca est sombre. Je me souviens du jour où Blanca est arrivée dans l'embrasure de la porte de mon cours d'histoire américaine de deuxième année, lorsque sa famille est venue de Colombie pour la première fois aux États-Unis. Elle n'est restée que six semaines avant d'être transférée dans l'une des meilleures écoles privées du Maryland. Blanca m'a envoyé des courriels de sa nouvelle école et m'envoie encore des messages une ou deux fois par an. Je suis toujours surprise de recevoir ses messages. Surpris que la belle fille royale qui avait des domestiques et une propriété à la Candelaria ait continué à correspondre. «Tu étais la seule fille qui me parlait», m'avait dit Blanca quand je l'avais interrogée à ce sujet.

Je sonne à nouveau. Blanca est soudain là, dans l'escalier derrière moi. Un éclair jaune, comme un soleil, qui rebondit vers la porte. Elle porte un débardeur blanc et un large pantalon de soie orné de tournesols. «Dépose ton sac à l'intérieur de la porte !» chante-t-elle et monte les escaliers en courant. «Nous sortons.»

Je respire difficilement, je tiens mon sac dans l'embrasure de la porte. «Peut-être devrions-nous rester ici. L'entretien a lieu demain», dis-je sans conviction. Un verre de vin me donne un mal de tête cuisant alors que je n'ai pas dormi.

«Tout ira bien. Ce n'est qu'un cocktail», dit Blanca. «De toute façon, nous ne pouvons pas rester ici. J'ai dit à Dan que sa sœur pouvait se saouler avec ses amis de Spence.»

Je ne connais ni Dan, ni Piper, ni Spence, mais le dire serait attirer l'attention sur mon ignorance. Ces noms me donnent le vertige.

«Cee-Cee», dit Blanca. «Je te le promets. Nous arriverons tôt et tu éblouiras Good Media dans la matinée.»

Le désir de m'installer ici, de travailler avec Cynthia Aimes, d'avoir un travail intègre, me serre le cœur. J'espère seulement être suffisamment acceptable pour qu'on me propose un poste d'essai. Ne serait-ce qu'un projet.

«Si vous vous installez ici, vous devez connaître des gens - ces gens que nous verrons ce soir», dit Blanca.

Je lisse le devant de ma robe avec mes paumes et je suis Blanca dans la rue. Peut-être qu'ici, à New York, je serai intéressante et non offensante. Peut-être qu'ici aussi, je me ferai facilement des amis.

La peinture noire autour de la porte du bar est écaillée, ce qui donne à l'endroit une impression de négligence. À l'intérieur, les murs sont noirs, les tables sont noires, le sol aussi, comme si quelqu'un avait versé du goudron sur l'endroit et s'en était allé. De la musique avec des basses assez fortes pour que mes chaussures

Les vibrations résonnent sur le sol. Un seul serveur passe de table en table, allumant des bougies votives avec un briquet vert.

Derrière nous, dans l'embrasure de la porte, un brouhaha de bruit et d'énergie éclate. Une troupe de corps envahit l'espace autour de nous. Blanca saute d'un corps à l'autre, les embrassant tous deux fois sur chaque joue.

«C'est Celia», dit Blanca en écoutant la musique.

Quelqu'un me presse un verre dans la main. «Où êtes-vous allé à l'école ? Vous faites de la télé - quelles émissions ?»

Je pose mon verre sur le bar pour que quelqu'un d'autre l'aspire avec une paille. J'essaie de suivre les amis de Blanca : Dartmouth, Princeton, Yale, Harvard, Amherst, Williams, Duke. Leurs lèvres se retroussent lorsque je prononce les mots «Space Housewives» et community college. Je pourrais leur dire que j'ai été acceptée à l'UVA mais que j'ai préféré aller à la Northern Virginia Community pour pouvoir payer moi-même, sans dettes. Je ne veux pas avoir honte, mais c'est le cas.

Le groupe commande une autre tournée : Negronis et rosé. Les filles emportent leurs boissons dans le coin le plus éloigné de la salle, à l'écart des haut-parleurs. «C'est Aimee Kellerman ! Blanca est à mes côtés, ses lèvres frôlant le lobe de mon oreille. «Son père est le PDG de Gucci.

Les vêtements des filles leur pendent, amples et frangés, comme des robes de claquettes. D'autres portent des pantalons de soie comme ceux de Blanca, des pyjamas portés la nuit. La robe d'été que je porte, avec ses bretelles marines et son lin froissé, n'est pas du tout à sa place.

«Un garçon vêtu d'une chemise bleue lance un appel : «En avant !

Je vérifie l'heure sur mon téléphone. «C'est juste un verre de plus», dit Blanca. «Piper nous rejoint au Chauncy.»

Je suis calé sur le dernier siège d'un des SUV noirs. La voiture s'emballe, accélère, encore et encore, jusqu'à ce que nous soyons loin du centre-ville. Le Chauncy se cache derrière une cour en pierre. Le lierre grimpe sur les murs gris. Les plafonds sont si bas que la plupart des garçons doivent se baisser pour commander des boissons au bar. Quelqu'un dit qu'Alexander Hamilton avait l'habitude de se saouler ici. Dan de Dartmouth me tend un verre de vin, et dès qu'il se tourne vers le garçon à côté de lui, je verse la boisson dans l'évier de la salle de bains.

Je sens déjà ma sérénité faiblir pour l'entretien. Je dois me souvenir de la citation du discours du président précédent sur la façon dont chaque citoyen doit choisir d'utiliser ses talents pour le bien ou pour le mal. Je cherche dans le bar le pantalon jaune de Blanca. Les yeux fermés, Blanca embrasse lentement un grand garçon vêtu d'un maillot de rugby. Tout le monde est couplé ou triplé dans la conversation. Je regarde mon téléphone et j'essaie de composer des réponses sur ce que j'apporterai à Good Media, mes points forts, les histoires dignes d'intérêt et importantes que je pourrais présenter à leur équipe. Je suis aussi invisible ou repoussant ici qu'à Washington.

Nous quittons le bar, marchant sur plusieurs pâtés de maisons, passant devant de minuscules restaurants, devant des lampadaires qui clignotent d'une lumière jaune, devant des vélos enchaînés à un arbre avec des paniers de guidon remplis de fleurs, devant des bennes à ordures et des sacs de déchets brillants, et devant des boutiques fermées pour la nuit derrière des tôles d'aluminium ondulées. Nous marchons dans des rues en pente et des cours pavées jusqu'à ce que mes pieds me fassent mal et que je sois incapable de dire dans quel quartier nous nous trouvons. Mon estomac se pince et je réalise que je n'ai rien mangé depuis le petit-déjeuner.

«Blanca ? Je l'appelle, l'ayant perdue dans l'enchevêtrement des corps. Elle est près de Dan et Piper, à l'avant du groupe. Ses longs cheveux noirs se balancent. Je marche plus vite pour la rattraper.

«Tu es tellement crédule», j'entends Piper dire à la fille Gucci. «Il n'y a pas de femme en blanc dans les rues de Manhattan.»

«Qu'en est-il du défenseur en Pennsylvanie, celui qui a été renversé par une Volvo ?»

«N'a-t-il pas violé son partenaire de laboratoire de chimie ?»

«Accusé de viol. L'affaire n'a pas été jugée», dit quelqu'un.

«Elle a enregistré le viol sur son téléphone», dit quelqu'un d'autre. «Il n'y a aucun doute qu'il l'a fait.

«En Amérique du Sud, il y a La Llorona», dit Blanca, en laissant tomber son verre sa voix devient un chuchotement d'alto. «Une femme en pleurs qui a noyé ses enfants pour être avec l'homme qu'elle aimait. Quand il l'a rejetée, elle s'est tuée, et maintenant elle capture les auto-stoppeurs solitaires et mange leur cerveau.»

«Alors, la femme en blanc est un zombie ?» demande Piper.

La fille Gucci défend le fantôme new-yorkais. «J'espère que la femme en blanc a tué ce joueur de base-ball. Je demande à la dame blanche de venger les péchés commis contre les femmes, de punir toutes les femmes qui ont été violées, négligées, abusées.»

«Ce sera un fantôme très occupé», dit quelqu'un. Rires.

Le discours de la femme blanche fait bourdonner mon corps comme il l'a fait sur la voie ferrée. Je m'accroche à un lampadaire. Je pense au miroir de la salle de bain de la maison de mes parents, aux flashs dans mon œil gauche, à la présence luisante, en attente. Le groupe avance comme un défilé.

Nous marchons encore et encore, traversant un hôtel rempli de cadres de photos dorés, de fougères et de lustres scintillants, puis un bar de Soho avec des avirons accrochés aux murs, et enfin un club de la taille de l'appartement de Blanca, avec des fils lumineux rouges en forme de piments enfilés autour de bouteilles de whisky. Je me détourne du miroir pour ne rien voir flotter dans le reflet.

«Blanca», dis-je enfin lorsqu'elle se détache de la taille de Piper.

«Il est temps de ramener Cendrillon à la maison», dit Blanca.

———————

Dans la chambre sombre de Blanca, je me cogne deux fois l'orteil. Blanca et Piper tombent sur le petit canapé du salon, un carré d'un mètre sur deux à côté de la cuisine. Dans l'air mousseux à l'extérieur de la pièce : le bourdonnement des fermetures à glissière qui se défont, des rires, puis un bruit sourd quand l'une d'entre elles ou les deux roulent sur le sol.

Mon sommeil est épais et sans air. Plus tard, j'entends un bruit provenant de quelque part en bas. Ma main cherche le téléphone. Ce n'est pas le matin.

Pas même un trait de lumière dans le ciel. Le ronronnement d'un moteur. Je rampe vers la fenêtre. Il s'agit probablement d'un camion de ramassage d'ordures qui fait sa tournée tôt le matin ou d'une camionnette qui livre de la nourriture à l'école située de l'autre côté de la rue. J'ai peur de regarder.

À travers la fenêtre sombre, quelque chose est là. Les phares jaune crème d'une voiture. Noir mat et si long. La voiture s'arrête sur le trottoir. Les phares inondent les briques de l'immeuble de Blanca. Je recule de quelques centimètres. Le côté de la voiture se soulève pour former une voiture carrée. Une volute argentée orne la peinture mate. Un corbillard. Un groupe de personnes entassées à l'intérieur.

C'est peut-être le genre de farce que font les gosses de riches : se promener dans un corbillard le long de l'Upper East Side. Une jeune femme que je n'ai jamais vue sort de la portière côté passager. Une lumière blanche s'échappe de l'intérieur de la voiture. Elle porte une chemise à pois.

«Il y a de la place pour un autre», dit-elle en s'approchant de la fenêtre. Je tourne sur moi-même et me cogne à nouveau l'orteil sur le pied métallique du lit. Il n'y a pas de lumière dans la pièce - la fille ne devrait pas pouvoir me voir. Les phares illuminent son visage. Les pois rebondissent sur son chemisier. Elle me fait signe. «Elle me fait signe de venir.

Je me penche en arrière. «Non», je m'entends dire fort, je crie. La fille hausse les épaules. Elle remonte dans la voiture.

Je marche sur le sol, attendant que Blanca ou Piper entre dans la pièce pour savoir pourquoi j'ai crié. Pour m'interroger sur le bruit dans la rue. Mais l'appartement est immobile.

«Rêve d'angoisse classique», dit Piper lorsqu'il se réveille des heures plus tard et me trouve assise, engourdie, à la petite table blonde de la cuisine. «Projection de la peur. Ce n'est pas possible que tu aies vu un corbillard dans cette rue à trois heures du matin.»

«Piper a étudié Freud à Yale», explique Blanca.

Good Media se trouve à Chelsea. Je sors du métro et je tourne autour de la 26e rue, essayant de trouver l'entrée de l'immeuble. «Quarante-cinquième étage», me dit le gardien dans le hall d'entrée lorsque j'entre en courant, en sueur.

À 14 heures, je me trouve au milieu d'une foule devant la banque de l'ascenseur en attendant de descendre. À cette hauteur du bâtiment, la lumière est très forte. Quelques heures plus tôt, un assistant personnel m'a fait entrer dans une salle avec Cynthia Aimes. Je n'arrivais pas à me concentrer. Mes mots étaient paresseux. Je ne m'étais pas rendormi après avoir vu le corbillard. Tout ce que je voyais, c'était le visage de mon frère, ses mots après que j'ai vu la femme dans le miroir : «Si tu la vois, tu es marqué pour la mort.» Mon discours sur les actes de bonté au hasard sonnait cliché. La bouche de Cynthia s'est crispée lorsque j'ai dit que je devais utiliser mes pouvoirs pour faire le bien. «Il est important d'avoir le bon profil», a-t-elle dit. J'ai vu dans la salle de bains que mes yeux étaient rouges et troubles. Cynthia a probablement pensé que j'étais défoncé.

Personne n'a eu à me dire que je n'avais pas obtenu le poste.

Des femmes de mon âge, en blazer et en jeans moulants, balaient l'écran de leur téléphone, parlent dans leur oreillette.

Le clavier s'allume en blanc.

La cabine de l'ascenseur est remplie de corps. Un parfum floral m'entoure - quelque chose d'onéreux, que l'une des filles de la nuit dernière a probablement porté.

«Il y a de la place pour un autre.» Je cherche la source de la voix. Elle est là, debout à côté d'un homme à la barbe naissante. La femme à la chemise à pois du corbillard.

«Vous serez à votre place», dit-elle.

Mes mollets commencent à trembler. «Le prochain», dis-je.

La jeune fille hausse les épaules. Les portes se ferment. Je suis seul dans la salle d'attente.

Le hurlement de l'acier contre le fil de fer arrive en premier. Puis, la poussière, la fumée et le métal brûlé. Puis, les cris des corps qui tombent sur quarante-cinq étages.

«Vous criez», me dit l'assistante sociale de Cynthia Aimes en me tirant par le coude et en m'éloignant de la cage d'ascenseur. Je me rends compte que c'est vrai. Qui pourrait entendre quoi que ce soit au-dessus de tout cet acier qui se déchire ? Ma gorge brûle. Mais je ne peux pas m'arrêter. J'avais reculé devant la femme à pois de la même façon que les gens reculaient devant moi dans les couloirs de l'école. Comme mon frère a reculé devant moi dans le plâtre de sa jambe. Je les ai tous laissés tomber. Je continue à crier pour ne pas avoir à imaginer la chute. La chute qui fait claquer les dents dans l'estomac. Combien de temps doivent durer les secondes lorsque vous savez que vous ne verrez jamais la crête du soleil sur une montagne, le visage de votre mari, toute la vie que vous n'avez pas eu l'occasion de vivre ? Je hurle par-dessus les sirènes des ambulances et des camions de pompiers jusqu'à ce que ma bouche ne puisse plus émettre que de brefs aboiements, rauques et nasillards, comme ceux d'un canard. L'assistant personnel me guide vers une chaise et me dit de m'asseoir. «La police est en route.

Les tabloïds rapportent que le White Specter est à l'origine de l'accident d'ascenseur. Les gens cherchent des liens entre l'accident de l'Amtrak et quelqu'un qui travaillait dans l'immeuble de la 26e rue. Le *Weekly News* parle d'une chute mortelle par vengeance. Le rapport officiel du *Wall Street Journal* accuse un câble rouillé, peut-être rongé par un rongeur dans la cage d'ascenseur. Je marche cinquante-cinq blocs de Chelsea à la 73e rue, engourdi, ne ressentant rien.

—————

«C'est horrible», dit Blanca en remontant une couette jusqu'à mon ventre. «Être témoin d'une chose pareille». Piper me tend un verre d'eau. J'imagine que mon cerveau est un aquarium et que Blanca et Piper peuvent voir à l'intérieur. Quand elles sauront que je savais que l'ascenseur était condamné et que je n'ai rien fait, elles cesseront de me parler comme le faisaient mes parents.

Elles quittent la pièce et j'entends qu'on sort des verres d'un placard. Blanca interroge Piper sur la fête qu'il organise samedi. Je bois une gorgée d'eau et le verre heurte ma dent de devant. L'eau a un goût de produits chimiques, le goût aigre du fluorure.

«Nous ne partons pas dans les Hamptons avant jeudi», appelle Blanca, comme si elle venait de se rappeler que j'étais toujours dans son appartement. «Tu peux rester une nuit de plus», dit Blanca. «Avant de retourner à Washington».

J'envoie ma lettre de démission à Ed par courrier électronique, comme un lâche. «Tu dois me donner cette dernière chose», écume Ed dans le téléphone quand je réponds enfin à ses appels. «Avant de me laisser tomber». Je n'aurais dû dire à personne de l'entreprise que j'étais dans l'immeuble quand l'ascenseur s'est écrasé. Je l'ai pourtant dit à Jess, la conversation ressemblant à une confession, une faible tentative de dissiper la culpabilité du survivant qui pèse sur ma poitrine maintenant, comme une grippe. La Femme Blanche m'avait marqué pour la mort, et pourtant j'avais vécu. «Je les ai tous laissés mourir», ai-je dit à Jess. Jess l'a dit à Ed.

«C'est comme la femme de San Diego qui a failli prendre le vol 357», crache Ed au téléphone. «Ou le vol 1459 de Tampa. Les femmes, les hommes, qui que ce soit qui volait, avaient une *prémonition*. Tu as failli prendre l'ascenseur, pour l'amour de Dieu. On en a besoin pour l'émission.»

Ed est toujours en train de parler lorsque je dépose le téléphone dans une poubelle métallique dans la rue. Je me dirige vers Penn Station. C'est le téléphone de On-Point, le téléphone d'Ed, et je ne reviendrai pas en arrière.

Une pensée m'envahit tandis que je passe devant les boulangeries, les magasins de chaussures, les papeteries et les pizzerias. Je me souviens d'un prédicateur télévisé que j'avais entendu un soir, alors que la télévision poussait des bruits dans mon subconscient. Il avait eu l'intuition de prendre un autre chemin pour se rendre à son église et, en chemin, il s'était retrouvé bloqué sur le site d'un terrible accident. Au moins sept personnes avaient été tuées. Un semi-remorque s'est retrouvé en travers de la route et une voiture en a écrasé une autre comme des dominos. Il a surgi pour demander à la police s'il était possible de faire quelque chose. On lui a dit qu'il ne restait que les morts sur les lieux de l'accident, en attendant le médecin légiste.

Le prédicateur était en colère contre Dieu qui l'avait placé ici, qui l'avait guidé jusqu'à cet endroit, s'il ne pouvait rien faire. Dieu lui a répondu qu'il était là pour être la lumière, pour insuffler une lumière blanche et pure aux secouristes, aux familles qui avaient survécu, aux âmes de ceux qui venaient de partir. Le prédicateur avait dit que nous nous trompons parfois. Nous ne comprenons pas le rôle que Dieu nous demande de jouer.

Nous nous détournons donc par peur, et le miracle ne se produit pas. Et si la femme en blanc était comme cela ? Et si elle n'avait causé aucune de ces tragédies, mais s'était montrée pour réconforter les vivants et guider les âmes qui traversaient les mondes, comme Anubis ? Disons qu'il y en avait d'autres comme moi. D'autres filles, femmes, mères, grands-mères qui n'ont jamais trouvé leur place, qui ont rêvé de choses avant qu'elles n'arrivent, qui n'ont jamais eu le travail de leurs rêves, les partenaires de leurs rêves ? Et s'il n'y avait pas une seule femme blanche, mais peut-être que, comme le Père Noël, il y en avait des centaines de milliers qui n'ont pas fait s'écraser des avions ou frapper la terre avec des météorites, mais qui ont été impliquées - ou sont en train d'être impliquées - dans la création de l'humanité comme des avant-postes d'un même cerveau blanc et pulsant ?

Je m'arrête à un stand de bretzels. L'air est lourd de farine, de crasse et d'urine provenant des enclaves autour de la bouche de métro. Des sirènes, des cris, des aboiements, des pleurs. Cette presse de gens, de matières et de déchets. Je pourrais trouver un travail n'importe où, arrêter de regarder la télévision toute la nuit, me regarder dans la glace, attendre le prochain rêve. Je pourrais appeler le centre de commandement d'Amtrak, la NASA, suivre les gens avec une couverture douce et m'assurer qu'ils ont passé la journée sans tomber. Ou peut-être que je suis stupide, désespéré, et que je m'encourage à délirer.

Le train F gronde sous le trottoir. Les grilles sous mes pieds tremblent et toussent. Je continue à marcher, vers l'auvent rayé d'un magasin. C'est une friperie où les vêtements sont suspendus par couleur - un mur rouge, jaune, bleu et vert. Une cloche tinte lorsque la porte s'ouvre. Les vêtements sentent la naphtaline et le

Febreze. Les lumières fluorescentes, comme celles qui envoyaient des rayons crayeux sur mon bureau à l'école primaire, atténuent les couleurs. Je passe devant l'arc-en-ciel de couleurs, le spectre que j'ai passé tant d'heures à amplifier et à atténuer sur les écrans des salles de montage. Je vais jusqu'au mur du fond, je passe devant les rayonnages métalliques de blue jeans, les sweats à capuche noir charbon, les vestes en cuir et les cols cloutés. Je plonge mes doigts dans des robes de neige, de coton et de lin, à la recherche d'une robe qui sente bon la fraîcheur et la réalité, à la recherche de quelque chose de blanc.

SALADE

L'actrice qui a remporté l'Oscar l'année dernière a lancé aujourd'hui une ligne de sauces pour salade. Pas cette actrice. L'autre. La rousse qui a épousé le type du film de Stanley Kubrick et qui s'est envolée pour la Thaïlande, avant qu'on ne découvre qu'elle était bipolaire. Bon, d'accord, elle *est* bipolaire. C'est un peu dommage que les entreprises médicales étiquettent les gens comme si leur état était leur identité et pas seulement une maladie qu'ils ont. Elle n'était même pas bipolaire.

Il s'est avéré qu'elle était atteinte de fibromyalgie - qu'elle était atteinte de fibromyalgie - et qu'une fois qu'elle l'a découvert, elle a collecté tout l'argent nécessaire pour les personnes atteintes de fibromyalgie. Oui, c'est elle qui s'est coupé les cheveux en direct sur TikTok avec Beyonce en fond sonore. Non, je ne sais pas vraiment ce qu'est la fibromyalgie. Je pense que c'est une sorte de trouble nerveux où tu as l'impression que ton corps est en feu. Attendez, non, je pense que c'est en fait une sorte de maladie auto-immune, comme la maladie de Lyme. Je ne supporte pas que l'Internet soit en panne et que je ne puisse rien trouver sur Google.

Vous aussi, vous connaissez la maladie de Lyme. C'est celle que l'on attrape par les chauves-souris - ou les hiboux - non, attendez, les tiques. Des tiques de chevreuil, je crois, les grandes tiques que l'on trouve dans les bois de la côte Est.

Je ne dis pas qu'on ne peut pas attraper la maladie de Lyme en Californie. Il y a cette autre célébrité qui l'a attrapée au Québec - celle qui jouait dans le film sur le cirque avec l'acteur namibien - donc je suis sûr qu'on *peut* l'attraper n'importe où. C'est juste que plus de gens l'attrapent dans les Adirondacks, au Cap, dans le Maine et dans des endroits comme ça.

Ah oui ? Oui, donc la sauce à salade sera cette ligne de sauces crémeuses Skinny Star : Green Goddess, Magic Ranch, Grecian

Thousand Island. Elles contiendront toutes ces injections de supe-raliments comme la L-lysine et l'HCL, des graines de chia et deux millions de probiotiques par cuillère à soupe. Ils sont censés avoir un goût délicieux, comme la véritable huile d'olive et la mayon-naise, mais ils sont fabriqués avec ce nouveau type d'ingrédient.

La technologie de l'insuline permet à l'organisme de faire passer les molécules de graisse dans le gros intestin - intact. Super futu-riste. Vous éliminez simplement la graisse et ne prenez pas un kilo.

C'est un peu comme les Doritos Olestra des années 90. Je sais que l'Olestra donnait des diarrhées et des hémorroïdes, mais il me permettait aussi de manger de superbes sacs de chips Cool Ranch sans prendre de poids, ce qui me permettait d'aller aux toilettes quelques fois de plus par jour.

Les vinaigrettes qu'elle prépare - quoi ? Non, je ne me sou-viens toujours pas de son nom de famille et ma connexion Wi-Fi dit toujours «instable», mais vous la connaissez. Elle a joué dans trois films l'année dernière. Grande, visage dramatique. Elle a porté cette robe folle aux Oscars, dont la fente remontait sur le devant jusqu'à son string fuchsia. Je sais que toutes les personnes semi-célèbres veulent se lancer dans des produits de style de vie pour gagner beaucoup d'argent, mais les sauces pour salade ont vraiment l'air cool. C'était soi-disant un accident, mais son équipe les a testées pendant la pandémie d'Invetid et l'un des médecins de l'émission *Doctors* est venu pour le lancement en disant que chaque sauce créait également ces superbactéries - non, pas comme manger des grillons pour les protéines - ce sont des sortes d'accélérateurs de globules blancs qui pourraient combattre même le virus le plus terrifiant. En les mangeant, on obtient une sorte d'hyperimmunité.

Même si ce n'est pas vrai, c'est du bon marketing, vous savez ? Tout le monde va remplir son bunker et son garage avec des caisses de ce produit. Non, l'internet est tombé en panne au moment où je m'apprêtais à passer ma précommande. Ils seront probablement en rupture de stock quand je me reconnecterai. Je ne regarde pas QVC ni aucune de ces conneries, mais c'était sur mon fil Facebook trois jours d'affilée et le nom m'a interpellé, vous savez ? Skinny Star.

Je vais essayer de me procurer le multi-pack avec toutes les saveurs.

Oui, je suis toujours là. Je me disais que j'aimerais bien lancer un parfum, des céréales ou une crème de soin. Personne ne l'achèterait si je le faisais, bien sûr. C'est incroyable de voir comment ces stars participent à une émission sur la grossesse ou l'échange de femmes, ou tournent un petit film, et deviennent Paul Newman avec un empire de sauces à salade.

Oui, Paul Newman a donné tout son argent aux enfants malentendants de ces camps. C'est une personne tellement bonne. Ou plutôt, il l'était. Je crois qu'il est mort l'année dernière. Ou peut-être que le camp était destiné aux enfants souffrant de handicaps physiques ou d'albinisme - vous savez, ceux qui ont la peau rose et qui ont besoin de lunettes spéciales. Oh, c'était juste pour les enfants normaux ?

Je suis sûr que c'était au moins pour les enfants défavorisés - sinon, pourquoi leurs propres parents n'auraient-ils pas pu payer pour cela ? Non, je ne suis jamais allé en colonie de vacances. Vous vous moquez de moi ? Arlette et Sam Jamison qui s'offrent un camp de théâtre ou de robotique d'été, je ne crois pas.

L'internet dit qu'il se recharge, mais je ne sais pas. Le site dit que cela peut prendre plus d'une heure. Je n'ai plus de télévision. Et j'aime bien regarder *Law & Order : SVU* sur mon ordinateur portable pendant que je m'endors. Est-ce que c'est une maladie ? Je ne sais pas. En voyant le nom de Dick Wolf et en entendant ces bongs de synthétiseur, Mariska Hargitay attrape presque toujours le méchant. Je suis comme un chien de Pavlov avec cette émission. Troisième bong, et je suis dehors, bavant sur la taie d'oreiller. Oui, les médicaments me font dormir. J'ai toujours envie de les arrêter.

Bien sûr. Bien sûr. Je sais que tu dois travailler. Je te commanderai le multipack de pansements dès que l'Internet sera rétabli. C'est environ 100 $ pour la boîte complète. Mes indemnités d'invalidité ne couvrent pas cela, mais j'ai un peu d'argent en plus depuis que je suis restée à l'intérieur pendant quelques semaines. Je ne peux pas sortir beaucoup lorsque les secousses sont fortes. Non, mes médecins ne savent pas ce qui provoque ces tremblements.

Le petit paquet multiple de pansements coûte environ 50 dollars. Vous pouvez m'envoyer un Venmo.

C'est incroyable quand on y pense. Caro, Caroline, Cynthia - c'est quelque chose avec un C. Elle a le même âge que moi. Avant que l'internet ne tombe en panne, je suis allée sur sa page Instagram. Elle a grandi dans le New Jersey, tout comme moi, et maintenant elle va gagner sept chiffres par an avec de la vinaigrette. Je sais, Bethany de *Real Housewives* of NYC a vendu les Skinny Margaritas pour 1,2 milliard de dollars. Alors, C. va probablement gagner un milliard. Je ne pourrais pas sortir et faire tout cela parce que je ne suis pas célèbre, que je tremble et que j'ai un pied. Je pense que cela met les gens mal à l'aise.

Oui, c'est encore trop gonflé pour porter des chaussures. Je peux porter ces bottes de neige bouffantes - c'est à peu près tout ce que je peux porter ces jours-ci. Je comprends, bien sûr. L'optique, c'est tout. Je n'en ai pas l'air. C'est drôle parce que je ne remarque même pas les tremblements, alors je ne pense jamais que c'est si grave. Aujourd'hui, tant de gens font des affaires virtuellement, alors j'ai pensé que je pourrais revenir au cabinet cette année et travailler à distance. Personne ne me verrait, à part dans cette petite boîte rectangulaire sur leur écran, et vous ne pouvez pas voir une main tremblante ou mon pied gonflé dans un courriel, mais ils ont dit que ce n'était tout simplement pas la bonne solution - ou peut-être qu'ils ont dit que ce n'était pas le bon moment - quelque chose comme ça.

Tout à fait. Mettez-moi en attente.

Tu es de retour ? Je disais, tu sais, avant que mon internet ne tombe en panne, j'ai cliqué sur le compte Instagram de C comme je te l'ai dit ; je ne peux pas croire que je ne me souvienne pas de son nom - je pense que c'est mon nouveau médicament. Elle est allée au lycée situé à deux villes de la mienne ! Les Panthers du lycée d'Ardsley. Nous jouions contre eux au football tous les ans. Elle et moi faisions partie du club de théâtre de nos écoles. Nous avons presque la même taille, d'après sa page IMDb. C'est tellement étrange, vous savez ? J'ai même fait une publicité quand j'avais quatorze ans. Je ne te l'ai pas dit ? Tout comme C. quand elle était en quatrième. J'ai été choisie parmi un millier de filles à New York. C'était pour le dentifrice Shine Hard et la directrice de casting n'arrivait pas à croire que j'avais des dents aussi droites et brillantes sans avoir d'appareil dentaire ni de blanchiment. Elle m'a dit : «Bons gènes !» comme si elle disait : «Superbes armes !». Après cela, elle m'a appelé Gene pendant toute la durée du tournage. J'ai eu le premier rôle dans toutes les pièces de théâtre de l'école.

La page de C. dit qu'elle a joué Dorothy, Eponine, Belle - tous les rôles principaux dans ses pièces de théâtre. Bien sûr, j'ai eu les premiers rôles dans les pièces jusqu'à la dernière année. Quand les tremblements ont commencé. La semaine avant de passer le SAT. C'est venu comme une fièvre. Mes parents m'ont traînée sous la douche à huit heures du matin, faisant couler l'eau glacée, essayant de me réveiller, mais ils n'y arrivaient pas. Personne n'y arrivait. Pendant les quatre mois qui ont suivi, j'ai passé la majeure partie de la journée dans le coma, puis je me suis réveillé de onze heures à cinq heures du matin, comme si on m'avait donné un coup de bâton.

C'est fou. Je sais. Le monde est fou. Mes médecins m'ont dit que c'était dû aux hormones - c'est juste la façon dont la puberté tardive frappe le cerveau de certaines personnes. Ils m'ont envoyé sur un forum de discussion avec des enfants qui avaient eu des crises psychotiques, de schizophrénie, d'épilepsie de catégorie I, de maniaco-dépression. Un gamin faisait des crises de grand mal dix fois par jour pendant sa première année d'université. Je pense que j'ai eu beaucoup de chance par rapport à ça.

Mais à quatorze ans, elle et moi étions deux longues filles blondes dotées de bons gènes, choisies parmi des milliers d'autres, qui brillaient sur une scène.

Non, l'internet n'est toujours pas en place. Comment se porte votre poulet ? Je n'ai pas fait de cuisses en croûte de cumin. Je suis allergique à tellement de choses maintenant. Par contre, j'aime bien ce type sur The Food Network. J'ai aimé la façon dont il a enseigné Pantry Meals tous les jours sur YouTube lorsque nous avions le virus Invetid. Même si on ne les cuisinait pas, les vidéos permettaient de se sentir moins seul. Je vous envoie une capture d'écran des vinaigrettes pour que vous puissiez voir à quoi elles ressemblent.

Avant que mon Internet ne tombe en panne, j'ai trouvé la maison de C. sur Google Earth. Bien sûr, sa maison actuelle se trouve à Los Angeles - probablement dans les collines d'Hollywood - les *collines*. J'ai cherché la maison dans laquelle elle vivait lorsqu'elle allait au lycée. D'après un article que j'ai trouvé dans *Variety*, ses parents vivent toujours à Ardsley. Leur maison n'est qu'à trois kilomètres de la mienne ! Je suis déjà passée devant. Il y a un grand Target sur Ashford Avenue. Sa mère est sur Facebook. J'ai trouvé son compte tout de suite. Il y avait une photo de C devant la maison, donc je sais que c'est la même. Elle publie tous ces messages sur les films de C et, bien sûr, aujourd'hui avec le lancement, les sauces à salade. Je me disais que mes parents seraient tellement contents si quelqu'un de mon lycée les contactait pour dire quelque chose de gentil à mon sujet. La plupart de ses amis ont probablement déménagé en ville ou à Los Angeles, mais je suis toujours là.

Je me suis dit que lorsque les vinaigrettes arriveraient, je me préparerais un bon cobb ou un California kale et j'irais là-bas un jour. Montrer à sa mère à quel point j'apprécie la réussite de sa fille. Ma mère aimerait que quelqu'un le fasse pour moi. Je veux dire, bien sûr, personne ne le ferait, puisque je ne suis pas célèbre, mais si je l'étais. Je comprends que cela puisse être gênant, car je n'ai pas vu la mère de C. depuis le lycée. Enfin, je ne l'ai jamais vue, exactement, mais toutes les mamans de la région sont essentiellement les mêmes. Chemises à boutons, jeans, sacs Coach, pulls J.Crew. Ici, ils vivent vraiment pour leurs enfants. C'est pour ça que ma mère était si déprimée, je crois. Une boursière du Mérite national en route pour l'Ivy's pour s'y enfermer. Ce n'est pas vraiment quelque chose dont elle peut parler quand elle croise quelqu'un à Grand Union.

Sur la page Facebook de la mère de C, on peut voir qu'elle est allée aux Oscars avec C l'année dernière. J'aime bien ça, quand une célébrité ne sort pas avec quelqu'un et qu'elle emmène son parent. Comme lorsque Leonardo DiCaprio a emmené son père, ou peut-être Brad Pitt, ou encore un type incroyablement beau qui a emmené son père l'une de ces années. Sa mère portait une robe noire à paillettes de Vera Wang et elle était vraiment belle. Ma mère ne sort plus. Elle porte des shorts de chez Target ou le peignoir que je lui ai offert il y a dix ans.

Je me disais justement, pendant que vous dîniez, que je n'aurais pas besoin d'attendre que les vinaigrettes arrivent. Je peux préparer une salade et l'apporter à la mère de C. Ou des brownies. Ou un gâteau. Je suis vraiment douée pour les salades. Je sais faire des boucles de radis en regardant une de ces vidéos «Cook like a Caterer» sur YouTube. J'ai vérifié et j'ai assez d'essence pour aller là-bas.

———————

Je suis ici maintenant. Juste devant le 945 Elmdale Lane. Neuf heures et demie, ce n'est pas si tard. Je les féliciterai et, s'ils m'invitent à entrer, je leur dirai que je connaissais leur fille. Je suis sûre qu'ils seront heureux d'apprendre qu'une autre personne a commandé deux caisses de 100 dollars de sa vinaigrette le jour même de sa mise en vente. Je veux dire, quel parent ne voudrait pas entendre cela ? Surtout de la part d'une amie de leur fille.

JOUR SANS FIN

L'horloge de Macy's sur State Street est bloquée à quatre heures depuis des mois. Il est presque cinq heures et le Dr. Levine vous regarde longuement et avec gêne si vous êtes en retard. Je double le pas et fixe les boucles de cuivre oxydé qui entourent le cadran rougeoyant de l'horloge. Je sais qu'elle est bloquée depuis au moins quatre mois parce que je passe devant tous les mardis et jeudis pour me rendre au bureau du Dr Levine après ma journée de travail à la bibliothèque du Lewis College. Je suis allée me plaindre une fois chez Macy's. J'ai monté sept étages jusqu'au service clientèle. J'ai marché sept étages jusqu'au service clientèle, près du rayon des emballages cadeaux et de l'espace chauve qui stocke quelques ornements de Noël restants tout au long de l'année.

«Cette horloge a plus de cent ans», m'a dit un homme vêtu d'un gilet. «Les pièces doivent venir d'Allemagne. Nous n'avons pas les bons outils pour la réparer».

Quatre heures, le pire moment de la journée. Une heure qui annonce la morosité.

À Chicago, en mars, le jour est sombre sur les bords à quatre heures.

Je pénètre dans le hall d'entrée, orné de décorations art déco, avec beaucoup de verre fumé. On se croirait à Las Vegas ou dans un rêve fiévreux, dans un lieu si dense et si contenu qu'il semble que le temps ne s'y écoule pas du tout. Le visage de ma mère apparaît sur mon téléphone. Une photo d'elle avec un chapeau de soleil, datant d'il y a cinq ans, lorsque nous sommes allés manger des crabes bleus dans la baie de Chesapeake. Je ne la prends pas. Le docteur Levine nous déconseille de parler à nos parents.

Le bureau du Dr Levine, au dix-huitième étage, est peint en blanc mastic. La moquette est grise, industrielle. Un décorateur qui analyserait l'espace pourrait penser que l'habitant est daltonien ou qu'il s'agit d'un robot. Le Dr Levine affirme que l'atmosphère est intentionnelle. Les œuvres d'art encadrées, les lampes décoratives ou les coussins distraient les patients. Les murs nus et les chaises noires à haut dossier du centre de commandement du vaisseau spatial, dit-elle, sont censés servir de toile vierge au subconscient de ses patients.

Le groupe auquel j'ai été affecté est destiné aux personnes ayant subi des *traumatismes extrêmes*. Et le Dr. Levine pense que je suis hyperbolique. Le docteur Levine a insisté pour que je signe une clause de confidentialité qui lui permet de rendre compte de mes progrès à ma patronne, Roxanne, tous les lundis. Lorsque j'ai compris dans quoi je m'étais embarquée, j'ai essayé de changer de thérapeute, mais le docteur Levine a dit à ma patronne que ce changement était une tactique d'évitement, un «signal d'alarme». Roxanne m'a montré l'e-mail et m'a demandé de m'engager par écrit à rester dans le groupe.

On est jeudi aujourd'hui et je soupire avant de m'asseoir sur la chaise dont la roue est desserrée, face à la fenêtre et à l'horloge bloquée. Le reste du groupe comprend Daniel (élevé dans une secte de Témoins de Jéhovah), ainsi que Tim (un anorexique et un boulimique, un golem à la peau flasque pendant la moitié de l'année où il ne boit que des boissons protéinées Slim Quick deux fois par jour et ensuite - d'après ce que m'a dit Annie, qui a rejoint le groupe avant moi - il se gonfle de quelques centaines de kilos comme une baleine pendant les mois d'été). Je suis à la fois impatient et impatient de voir cette métamorphose.

Annie est la suivante. Cheveux de pissenlit et grands yeux de dessin animé. Elle a raconté au groupe que lorsqu'elle était bébé, son père l'a jetée contre un mur. Elle rit constamment et porte des sweat-shirts avec des empreintes de mains et des tournesols qu'elle peint elle-même avec de la peinture pour tissu bouffant. Elle parle toujours d'une manière chantante, comme dans une comptine. Elle m'a dit que sa voix n'était pas affectée par la lésion cérébrale causée par le mur, mais je n'en suis pas convaincue. Lorsque j'entends le son de sa voix de bébé et que j'observe l'aspect ciré de sa peau lorsque sa bouche bouge, j'enfonce mes ongles dans les joues de mes paumes pour m'empêcher de crier.

La chaise suivante est occupée par une femme nommée Peabo. Peabo travaille dans le marketing pour une maison de disques et prend de la cocaïne avec les gars du studio. Il y a quelque temps, quand un musicien célèbre est venu et l'a prise pour une prostituée, elle a accepté et a fait l'amour dans la cabine de son. Pour trois cents dollars. Aujourd'hui, elle se rend compte qu'elle ne peut pas apprécier le sexe sans être payée, même si elle n'a pas besoin d'argent.

Keesha est le dernier membre. Je ne sais pas quel est son problème.

Elle ne parle jamais et le Dr. Levine ne la fait jamais parler. Elle n'a eu qu'un seul accès de colère en quatre mois, et c'est le jour où elle a hurlé contre Peabo pour avoir empêché les femmes noires de progresser. Elle a dit que Peabo reproduisait l'esclavage dans son comportement avec les hommes blancs en position de pouvoir. Peabo a répondu en hurlant que les *esclaves n'étaient pas payés* et a menacé de jeter Keesha et sa chaise par la fenêtre. Je me dis à chaque fois que je suis ici que c'est une bande de malades.

Nous nous asseyons dans cet ordre, les mêmes chaises, la même vue, à chaque séance. J'ai appris que les personnes traumatisées ne tolèrent pas les moindres aberrations.

«Je ne serai pas là jeudi prochain. Je dois aller chez le médecin», dis-je lorsque c'est mon tour de parler. Je montre la tache sur mon front, au-dessus de mon sourcil gauche.

«Je suis sûr que vous allez bien», dit le Dr Levine. Aujourd'hui, elle a appliqué un fard brun foncé sur ses sourcils pour ressembler à Frida Kahlo. «Arrêtez de créer des distractions pour la thérapie.»

J'ai remarqué la tache sur mon front hier soir après ma douche. Elle était brune avant, une tache de rousseur, et maintenant elle semblait plus grande et avait changé de couleur pour devenir rouge brûlé. J'ai pris une photo avec mon téléphone et je l'ai envoyée à ma mère dans un texte qui disait : «Appelle-moi».

«Avez-vous enlevé la liste de votre réfrigérateur ? Dr.
me demande Levine.

Je serre les lèvres et fixe l'horloge. Avant, il était si facile de savoir ce qu'il fallait éviter : le tabac, les graisses saturées, boire un cinquième de vodka par jour. Aujourd'hui, on peut se tuer en dormant avec son téléphone portable dans la chambre (tumeur cérébrale), en utilisant du rouge à lèvres (parabènes - cancer), du shampoing (sulfites - cancer), en mangeant du riz (arsenic), de la charcuterie (nitrates - cancer), de la volaille (salmonelle), de la viande rouge (vache folle), des produits à base de soja végétalien (cancer du sein) ; ou du papier d'aluminium utilisé pour emballer les aliments (Alzheimer, Parkinson) ; de l'eau provenant de bouteilles en plastique (toxines s'échappant par temps chaud ou froid - infertilité, cancer) ; des sacs Ziploc, du plastique dans les rideaux de douche, les imperméables, les emballages alimentaires (phtalates - anomalies de la reproduction, cancer). Ce sont les plastiques qui vont nous tuer tous, apparemment, et la planète aussi.

Personne dans mon groupe ou sur mon lieu de travail n'est perturbé par ces choses. Pas même ma mère, qui s'inquiète de voir des extraterrestres débarquer sur Terre et s'introduire dans sa maison. «Ils viendraient jusqu'à la Terre en possession du vaisseau spatial le plus avancé jamais connu et s'intéresseraient à vos albums de photos ? lui ai-je demandé. «Votre téléviseur plasma ?»

Le fait que personne d'autre ne soit dérangé par l'avalanche de menaces qui tombent sur leurs fils d'actualité Facebook me rend très anxieux. «Peut-être est-ce de la prescience - un avertissement personnel de l'univers», ai-je dit au Dr Levine lorsque j'ai créé le groupe, même si je ne crois pas en l'*univers comme le* font des gens comme Annie et le Dr Levine. «Peut-être que je m'inquiète de ces choses parce que l'une d'entre elles va me tuer, en particulier.

«La liste est un fétiche», a déclaré le Dr Levine. «Lorsque vous aurez assimilé ce qui s'est passé dans le parc, vous n'aurez plus besoin de tenir la liste.

———————

«Je veux que vous décrochiez cette liste du mur et que vous la brûliez quand vous rentrerez chez vous», dit le Dr Levine avant de mettre fin à la réunion du groupe ce jour-là. «Maintenant, parlons du *parc*».

Je me hérisse. Je suis censée être dans ce groupe pour parler du fait qu'après avoir été le prototype du type A, irritant, fiable et stupide, en lice pour une promotion au poste de responsable de la circulation de la bibliothèque du Lewis College, j'ai traité mon collègue de bureau, Sven, de connard.

Le Dr. Levine avait passé cet incident sous silence lors de la première séance. «Vous avez donc traité quelqu'un de salope», dit le Dr Levine. Elle a dit cela comme si elle s'ennuyait. Comme si j'avais éternué lors d'une réunion, et non pas expulsé un juron qui m'a coûté une promotion et qui a fait que mes collègues m'ont regardé comme si j'étais un tueur en série.

«Nous devrions normalement vous licencier pour cette raison», m'a dit ma patronne, Roxanne, après la réunion du comité que le conseil d'administration de la bibliothèque a organisée avec humilité pour discuter de la question. «Mais le travail est exemplaire et ce n'était pas du tout dans ses habitudes. Alors, suivez une thérapie pendant six mois, et nous déciderons alors des plans à long terme.»

Une femme des ressources humaines m'a remis la carte du Dr Levine. Pendant des jours, ma peau m'a brûlé comme si des fourmis de feu avaient rampé sur ma robe.

Le Dr Levine ne voulait parler que du parc. Elle a dit qu'une fois que vous avez subi un traumatisme, les fils de votre cerveau se croisent. Vous n'êtes plus une personne digne de confiance pour diriger votre propre vie. Elle dit que ses patients doivent s'abandonner complètement au processus thérapeutique.

«Vous devez me laisser vous dire ce que vous devez manger, à quelle heure vous coucher et à qui vous devez parler si vous voulez aller mieux», avait dit le Dr Levine.

«Comme dans une secte», ai-je répondu.

———————

Le lendemain, la tache sur mon front s'est soulevée d'une fraction de pouce, comme un petit pain cuit.

«Personne dans notre famille n'a de tumeur au visage», me dit ma mère lorsque j'appelle. «Des nouvelles sur la date à laquelle tu pourras retrouver ton travail ? Je n'arrive pas à me concentrer sur mon agacement face à son manque de compréhension de ma situation ou sur le fait que je n'ai pas perdu mon travail - j'ai perdu une promotion - mais je ne peux rien expliquer car je suis devenue paranoïaque à l'idée que le Dr Levine vérifie l'historique de mes appels et sache que j'ai appelé ma mère trois fois cette semaine. Je pense à me procurer un téléphone jetable, le genre de téléphone que les criminels utilisent et jettent après avoir kidnappé quelqu'un. Je n'entends pas les phrases suivantes de ma mère. Je n'entends que la dernière chose qu'elle dit : «Souviens-toi, tante Linda, que ta carrière est la chose la plus importante que tu aies en tant que femme.»

Jeudi, je suis en blouse sur la table d'examen dermatologique du Dr Havershore. Il examine le morceau de peau au-dessus de mon œil avec une loupe ronde, comme celle qu'utilisent les bijoutiers pour évaluer la qualité d'un diamant. Je sens son souffle près de mon visage, aussi régulier qu'un radiateur. Il laisse tomber la loupe dans sa blouse. «C'est une cellule basale», dit-il. «Le chirurgien le confirmera, mais j'en suis sûr à 99 %.

«Cancer ?» Ma bouche devient sèche comme du béton.

«Oui, mais un type très traitable».

———————

«Ce n'est même pas un vrai cancer», dit le Dr Levine lorsque j'annonce au groupe que mon opération est prévue pour la semaine suivante.

«Ils vont m'entailler le visage avec un scalpel», dis-je. «Alors, j'imagine que ça va être assez réel, putain». La veille, j'avais reçu un courriel du chirurgien. La procédure de Mohs qu'il allait effectuer consistait à retirer la chair infectée jusqu'à ce que le laboratoire confirme qu'il ne restait plus que des tissus sains. Le Dr Levine pousse un grognement quelque part au fond de sa gorge et me demande de veiller à ne pas programmer l'opération le jour d'une séance de thérapie de groupe.

Ce soir-là, à la maison, je passe au micro-ondes un repas bio surgelé. Enchiladas à la sauce chili verte. La coriandre se diffuse dans la pièce. J'ai fait don de mon ancien micro-ondes à l'Armée du Salut après avoir lu quelque part que les micro-ondes étaient cancérigènes. Ou peut-être était-ce parce qu'ils privent les aliments de tous leurs nutriments, ce qui les rend susceptibles d'être cancéreux. J'ai ensuite acheté un micro-ondes d'occasion à la même Armée du Salut lorsque j'ai commencé le groupe du Dr Levine et j'ai perdu la volonté de faire quoi que ce soit une fois rentré à la maison. Le Dr. Levine dit que la fatigue extrême et plate est due au fait que j'ai supprimé le traumatisme (*You'll get much worse before you get better*), mais je pense que le Dr. Levine est une reine vampire qui se nourrit des neurones de ses patients.

«Vous parlez comme un patient atteint d'un cancer», a déclaré le Dr Levine lorsque je me suis plaint au groupe de la fatigue qui m'étouffe. «Les patients se sentent bien avec le cancer et pensent que c'est la chimiothérapie qui les tue. Alors que la chimiothérapie est la seule chose qui les maintiendra en vie.» Au moment où elle disait cela, mon téléphone a reçu un message d'alerte m'informant qu'un montant supplémentaire de 300 dollars avait été prélevé automatiquement sur mon compte courant. A : Dr. Elaine Levine.

Même avec la partie de la thérapie couverte par mon assurance, il n'y aura pas de vacances cette année, pas de repas au restaurant, pas de nouveaux vêtements. Ce sont des problèmes du premier monde, bien sûr. Je pense aux habitants de pratiquement tous les autres pays du monde, y compris le mien, qui ne mangent pas à leur faim tous les jours. Je suis une salope privilégiée et égoïste. Le fait de le savoir n'améliore en rien ma détresse.

Je plante ma fourchette dans la chair de la tortilla. J'aurais aimé avoir un autre avis - s'il y avait quelqu'un à qui parler dans mon appartement. J'avais un petit ami, Brian. Nous avions envisagé de prendre un appartement ensemble à Lakeview. Nous avions rencontré un agent immobilier et étions allés déjeuner au Summer House. Nous avions commandé des huîtres et parlé des couleurs de peinture pour la chambre. Deux semaines après avoir cherché un appartement, il baisait par texto une fille qu'il avait rencontrée en ligne en Californie. «Notre relation est trop prévisible», m'a-t-il écrit plus tard. J'aurais aimé que Brian soit encore là - il aurait apprécié l'histoire de la chatte.

L'enchilada n'est pas entièrement décongelée. Je crache un morceau de poulet congelé dans la poubelle et je remets le plateau dans le micro-ondes. L'assiette tourne sous une lumière jaune. Je lève les yeux vers la Liste qui sourit sur le papier bleu fixé au réfrigérateur par un aimant en forme d'étoile. J'emmerde le Dr Levine. Le cancer est partout, y compris sur mon propre visage. Ma main droite tremble comme une junkie. Je touche le fin stylo Bic bleu dans ma poche et j'imagine que j'écris carcinome basocellulaire en cursive en boucle le long de l'espace ouvert à mi-parcours de la page. «Une vague compulsive dure moins de trois minutes», explique le Dr Levine au groupe. Elle nous fait tous payer cinq dollars pour télécharger l'application téléphonique qui montre une montgolfière à rayures multiples se gonflant et se dégonflant à la vitesse à laquelle nous sommes censés respirer pour nous aider à surmonter nos pulsions compulsives.

———————

Il faut au Dr Patel cinq séances pour retirer la cellule basale. Pendant qu'il gratte mon épiderme, j'imagine que le ballon est devant mon visage et je compte mes respirations : quatre, quatre, quatre, quatre. Cela fonctionne jusqu'à ce que le Dr Patel tienne un instrument de la taille d'une fraise dentaire sur mon front. Mes organes commencent à trembler. Il faut une minute à mon cerveau pour reconnaître le stylo à cautériser. La compréhension se fait dans l'odeur brève mais incomparable de ma propre chair brûlée.

Le Dr Havershore m'envoie chez le Dr Liss en chirurgie plastique pour des points de suture. «Wow, c'est profond», dit le Dr Liss en regardant mon visage sous une lampe de poche.

lampe loupe géante.

«Au moins, ce n'est pas grave», dis-je. Je n'arrive pas à me réchauffer après avoir passé cinq heures dans la blouse d'opération en coton. Mes jambes recommencent à trembler. L'odeur de charbon de bois me reste en travers du nez.

«Je ne dirais pas cela», dit le Dr Liss. «Il y a quelques mois, nous avons vu un homme qui n'était pas venu aussi vite que vous. On a dû lui enlever tout le globe oculaire.»

Mon corps oscille comme un arbre. Je m'agrippe aux côtés de la table d'examen. «Si vous ne vous occupez pas de quelque chose comme ça tôt, ça va aller tout seul».

jusqu'à votre cerveau».

Il fait nuit lorsque je quitte le complexe médical. J'appelle un Uber, je prends l'ascenseur jusqu'à mon appartement et je dépose mon sac à l'intérieur de la porte. Sans enlever mon manteau, je me dirige vers le réfrigérateur, sors le stylo Bic rouge - tout en plastique brillant rempli comme un thermomètre - et écris «carcinome basocellulaire» au bas de la liste.

———————

«Parlez-nous du parc», répète sans cesse le Dr Levine, telle une version IA d'un thérapeute. Le Dr Levine est l'un des pionniers de la thérapie d'exposition moderne. Le patient doit revivre et affronter le traumatisme suffisamment de fois pour qu'il perde son pouvoir. Si les histoires peuvent être crues, le Dr Levine avait un jour demandé à un patient qui avait la phobie de la charcuterie de se couvrir le corps d'ovales de dinde fumée finement coupée. Jusqu'au visage, comme si on l'enterrait dans des nitrates. Je plisse les yeux en pensant qu'à un moment donné, le Dr Levine demandera à tout le groupe de se rendre au parc et de s'allonger sur le sentier à l'endroit exact où cela s'est produit.

Il y a six mois, un jeudi, j'ai décidé de rentrer à pied de la bibliothèque au lieu de prendre le bus 156 LaSalle. J'aime la façon dont le parc se déroule, du jardin au musée de la nature en passant par le zoo de Lincoln Park. Les restaurants de l'allée intérieure sont éclairés par des guirlandes lumineuses, si bien que tout au long de l'année, on se croirait à Noël. Ensuite, j'ai eu envie de faire pipi. J'ai quitté la lumière des lampadaires pour le crépuscule bleu-noir de la piste cyclable, où je me suis souvenu qu'il y avait des toilettes publiques. Une ampoule chauve brillait au-dessus d'une porte, suffisamment pour que je puisse voir le panneau des toilettes pour femmes.

L'homme est arrivé par derrière. Il a tiré sur le col de ma chemise si fort que j'en ai eu les yeux exorbités. Il m'a tiré jusqu'à la dernière cabine, où la lumière était éteinte. Il m'a maintenu contre la brique, sa main droite en travers de ma bouche, et a commencé à parcourir l'intérieur de ma jambe. Je ne sentais rien d'autre qu'un engourdissement froid et le frottement sur mon jean. Je ne pouvais pas dire s'il avait un pistolet ou un couteau. Il mâchait un chewing-gum à la cannelle. L'odeur poivrée me piquait les yeux. Une minute plus tard, trois minutes - je n'en ai aucune idée, pas longtemps - il s'est enfui vers les cages des lions.

Je n'arrêtais pas de dire au Dr Levine que j'appréciais la chance que j'avais. Je n'avais pas besoin d'être dans le groupe. Ce n'était pas grand-chose quand on y pense. Pas de coup de couteau, pas de coup à la tête, pas d'arme pointée sur ma tempe, pas de viol. Juste un chien qui se frotte à moi et une odeur de cannelle qui ne s'estompe pas. C'est incroyable le nombre d'aliments qui contiennent de la cannelle. Les beignets, la tarte à la citrouille, la soupe à la courge musquée, les bagels aux raisins, le tikka masala, les biscuits au sucre, le thé que j'avais l'habitude de boire à l'heure du coucher. Je ne peux même plus faire la queue au Starbucks. Je peux sentir l'odeur de la cannelle dans son couvercle d'argent perforé et obstrué depuis la caisse.

———————

«Si je détruis la liste ?» Je le dis le mardi suivant en groupe. «Tu l'as fait ?»

«Non. Mais disons que je le fais. Est-ce que j'ai fini ? Je suis guéri ?»

«On ne se remet pas d'un traumatisme», dit le Dr Levine, et les autres membres du groupe acquiescent d'une manière qui me donne envie de les frapper avec mes poings nus, un par un. «On apprend à vivre avec. On y travaille tout au long de sa vie.»

Je n'écoute pas le reste de la séance. Je regarde la moisissure qui fleurit sur la pierre calcaire sous l'horloge de Macy's. Je prends le bus pour rentrer chez moi et avant Fullerton, je commence à voir des anneaux autour des autres personnes dans le bus. J'ai entendu des gens dire qu'ils pouvaient voir des auras, de magnifiques champs de lumière colorés comme des halos d'anges. Je vois des taches de lumière. Des rayons de soleil. Je me souviens que ce type de trouble de la vision était le symptôme de quelque chose. Le protocole de traitement du Dr Levine ne permet pas de rechercher des symptômes médicaux en ligne. *Appelez plutôt un membre du groupe*, m'a-t-elle dit la première semaine. J'ouvre un nouveau navigateur sur mon téléphone et je tape «halo, vision». J'apprends que j'ai probablement une tumeur sur le nerf optique.

———————

«Je suis sûre que ce n'est pas une tumeur optique». La voix de ma mère, au bout du fil, se fait plus discrète, plus inquiète.

«Probablement le cortex frontal ou la cornée», dis-je.

«Ma mère me demande quand a lieu la réunion sur les progrès à la bibliothèque. «Six mois, maman», dis-je. «Ils ne font pas de libération conditionnelle anticipée pour les bonnes comportement».

«Tu étais major de ton lycée, tu as obtenu ton diplôme avec mention à l'université de Chicago. Le Lewis College t'a recruté», me dit ma mère. «Tu aurais déjà eu l'augmentation de salaire. Le nouveau bureau. Tu n'as pas manqué un seul jour de travail en deux ans. Ils peuvent sûrement voir au-delà d'un petit... «

«J'ai traité quelqu'un de chatte, maman».

———————

Une heure du matin. Une moto rugit sous la fenêtre de ma chambre. Je tire une couverture de mon lit vers le canapé du salon. Je ne dormais même pas. Je m'assois sur le coussin usé et je me dis que j'ai été aussi choquée que Sven de découvrir que je l'avais traité de salope. Oui, il m'agaçait ; aucun adulte humain aux épaules si larges et au crâne chauve si frappant ne devrait manger si bruyamment de si petites choses. Des petites carottes, une par une, tirées d'un sac en plastique tous les après-midi. Des gobelets Big Gulp remplis de glaçons. Des petits pois au wasabi cueillis à la baguette, un par un, dans une boîte de conserve. Je ne me souviens même pas de l'avoir appelé ainsi.

L'homme dans le parc m'a dit «chatte» en retirant sa jambe poisseuse de mon jean.

———————

J'écrase l'oreiller du canapé sur mon visage. Le souvenir s'enfuit comme un écureuil. *Appelez-moi si vous pensez à vous faire du mal*, dit le Dr Levine pratiquement à chaque fois qu'elle termine une séance de groupe.

L'orchidée que j'ai achetée pour donner de la vie au salon a cessé de fleurir. Je prépare du thé à la camomille, mais avant qu'il ne finisse de s'infuser, je le verse dans l'évier. Je vérifie à la lumière de mon téléphone. La boîte ne mentionne qu'un seul ingrédient : la camomille. Mais je le sens. D'une manière ou d'une autre, il y a de la cannelle dans ce sachet de thé - épicée et suffisante pour provoquer un éternuement. Je jette la boîte. Je peux maintenant ajouter l'insomnie à ma liste de maladies personnelles. Un post Instagram rapporte qu'un manque de sommeil peut vous faire perdre sept ans de vie. J'ajoute «insomnie» à la liste.

Je fouille dans la bibliothèque à côté du canapé pour trouver la télécommande de la télévision. Le Dr. Levine m'a dit de ne pas regarder de programmes télévisés sur l'ordinateur où se trouvent les messages des médias sociaux et les gros titres sur les maladies apparaissent comme des bulles de bande dessinée toutes les quelques secondes. Je clique jusqu'à 300 sur la télé. Une émission sur les chats. Des chasseurs de fantômes. Des adolescents millionnaires. Je m'arrête quelques secondes sur un documentaire sur les psychédéliques. Un groupe de vétérans ayant servi en Afghanistan se tient dans la forêt tropicale, transpirant et vomissant, et parle de sa libération du syndrome de stress post-traumatique. J'envie ces hommes qui se débarrassent de leur traumatisme dans la jungle, alors que je suis coincé dans la thérapie par exposition du Dr Levine, qui tourne en boucle, aussi interminable qu'un poteau de coiffeur. «La nature est l'ultime guérisseur», dit l'un des vétérans à la télévision. Il a une jambe en moins et un éclat d'obus lui a vidé la moitié de la joue.

Je m'imagine au Pérou ou au Mexique, buvant des feuilles ensoleillées dans une tasse en terre. J'irais bien demain, mais les hallucinogènes ne me guériront pas. Je le sais autant que je sais que le Dr Levine ne me guérira pas. Je donne des coups de couteau sur les boutons de la télécommande. Quelque part dans les années 350, les crêtes d'un glacier géant plongent dans un océan bleu écumeux. Je remonte la couverture sur mes hanches.

L'écran montre un homme aux cheveux coupés, un micro à la main. L'arrière-plan est un magnifique paysage d'été. Une douce vallée avec des fleurs sauvages en fleur ondulant devant un lac. Les montagnes s'élèvent derrière, la neige tombant en cascade sur leurs sommets.

«L'Alaska s'approche de son jour le plus long. Au cours des deux prochains mois, qui culmineront avec le solstice d'été, les habitants de l'Alaska bénéficieront d'une lumière du jour de près de vingt-quatre heures».

Le journaliste s'adresse à une famille locale avec quatre enfants, à un couple venu en Alaska pour vivre les «Unending Days» pendant leur lune de miel, à un médecin de Juno, que le journaliste interroge sur les comportements étranges qu'il observe pendant les mois d'été.

«La plupart des gens s'en sortent bien», explique le médecin. «Nous constatons une augmentation de la libido - beaucoup de bébés ensoleillés naîtront en mars. Il y a de l'anxiété, de la fatigue. Certaines personnes sont plus affectées que d'autres. L'année dernière, une touriste a rompu avec son petit ami par texto, a vendu en ligne son appartement à New York, a brûlé ses vêtements et s'est rendue nue dans un magasin d'articles de sport. Elle a dit qu'elle *recommençait à zéro*».

Le médecin passe ensuite à une liste de mesures prophylactiques à prendre pour lutter contre les effets négatifs du soleil de minuit : masques de sommeil, rideaux épais, boire deux litres d'eau par jour. J'aimerais connaître le point de vue de la femme nue. Est-elle heureuse d'avoir laissé son ancienne vie derrière elle ? Est-elle retournée avec son petit ami ou vit-elle toujours en Alaska ? A-t-elle recommencé à porter des vêtements ? Je veux savoir ce que cette femme a découvert au cours de cette journée sans ombre et qui l'a transformée de manière aussi radicale. Le journaliste passe à l'interview d'un homme vêtu d'un gilet beige avec de nombreuses poches, qui parle de la chasse à l'ours.

Mes tempes palpitent. J'ouvre l'application de méditation. Le ballon rayé se dilate et se contracte derrière le ronronnement d'une flamme de propane bleue vacillant sur les cumulus numériques. Je rêve d'un glacier noir qui cuit sous un œil ardent et infini.

Le mardi, le Dr Levine présente un nouveau membre du groupe. Il s'appelle Gerald. Il a des cheveux gris courts et porte des Crocs bleu pâle. Je me demande s'il est infirmier ou médecin, mais aucun d'entre nous ne le sait (ce que vous *faites* dans le monde n'a pas d'importance ici, selon le Dr Levine). Gerald avoue qu'il y a quelques mois, il a commencé à engager des femmes sur Craigslist pour qu'elles viennent dans son appartement et le mordent jusqu'à ce qu'il éjacule.

«Ils ne touchent jamais mon pénis», dit Gerald. «Ce n'est donc pas si grave».

«C'est mon anniversaire aujourd'hui», annonce Annie. Je suis surprise d'apprendre qu'Annie est mariée. Je l'avais imaginée dans un appartement bon marché près du parc Roger, roulant un chariot jusqu'à l'épicerie parce que, à quarante-cinq ans ou quel que soit son âge, elle se déplace déjà comme une personne âgée.

«Vingt ans avec le docteur ici», dit Annie. Le Dr Levine a l'air ravi et fier. Les boucles Boucles d'or de sa tête rebondissent. Je tourne la tête autour du cercle. «Vous plaisantez ? Je demande.

Les vingt meilleures années de ma vie», dit Annie. Elle se penche sous sa chaise et sort d'un sac recyclé une boîte blanche de biscuits d'épicerie. La plupart des biscuits se sont brisés pendant le transport, leurs couleurs étant ternies par le sucre en poudre et collantes à cause de la gelée au centre des biscuits en forme de fleur. La cannelle m'assaille depuis la boîte. Je retiens mon souffle et passe rapidement les biscuits. Peabo raconte qu'elle a passé une semaine sans être payée pour le sexe. Au lieu de cela, elle se masturbe en imaginant baiser deux hommes qui lui versent chacun 30 000 dollars.

Je ne peux pas m'empêcher de regarder Annie. Pendant les deux tiers de sa vie, Annie est entrée dans cette pièce aux murs blancs, s'est assise sur l'une des chaises noires et a mangé son dîner dans un Tupperware tout en parlant de sa triste vie avec le docteur Levine. Ce tableau m'horrifie.

«J'organise un week-end de retraite le mois prochain», annonce le Dr Levine. «A Lake Forest. Nous ferons des jeux de rôle psychodramatiques. Deux groupes de processus par jour. C'est comme un camp de thérapie. Annie et Gerald ont l'air enthousiastes. Dès que Peabo a fini de parler, j'enfile mon manteau et je cours jusqu'à la salle d'attente avant que le groupe ne commence à se tenir la main et à chanter «Le travail vous libérera».

Le Dr Levine me suit dans la salle d'attente.

«J'ai parlé à votre patron aujourd'hui», dit-elle. «Je leur ai dit que vous ne progressiez pas aussi vite que je l'espérais. Vous êtes toujours dans le déni. Vous devez vous ouvrir à moi, aux autres membres du groupe. Vous devez vouloir aller mieux. Le Dr Levine me recommande d'ajouter son groupe de thérapie de sept heures du matin, du lundi au vendredi, et la prochaine retraite thérapeutique. «Demandez à vos parents de vous aider à les payer», dit le Dr Levine.

«Vous ne voulez pas que je les appelle pour obtenir du soutien, mais je peux les appeler pour leur demander de l'argent», dis-je.

«Faites tout ce que vous devez faire pour le traitement», dit le Dr Levine.

———————

Le dîner de ce soir : lasagnes végétariennes. Même la viande dite biologique contient souvent des hormones et des antibiotiques, qui peuvent provoquer un cancer de l'ovaire ou un lupus. Je lis l'étiquette des lasagnes à la recherche de produits chimiques. Parfois, lorsque j'inspire, je suis certaine de sentir la première vrille d'une tumeur se former dans les plis mous de l'hémisphère droit de mon cerveau.

———————

Sven a définitivement quitté le bureau que nous partageons, si bien que la pièce est silencieuse et sombre, comme une grotte de grizzly. Je ne lui en veux pas. S'il m'avait traitée de salope, j'aurais probablement pu le faire virer pour harcèlement sexuel. Je jette mon blazer sur le dossier de la chaise, retourne quelques courriels, ouvre mon navigateur et tape «twenty-four-hour sunlight».

J'ai lu que l'Alaska compte trois millions de lacs d'une superficie supérieure à 20 acres, quarante volcans actifs, 175 000 élans, 100 000 glaciers (dont six cents sont si grands ou intéressants qu'ils ont des noms propres) et vingt-trois sommets de plus de 13 000 pieds, dont Denali, le plus haut sommet d'Amérique du Nord, qui culmine à 20 320 pieds. À des latitudes supérieures à quatre-vingt-huit degrés trente-trois minutes nord, bien au-dessus des établissements humains, la nature offre un spectacle appelé «nuit polaire astronomique». J'ai lu que, lentement mais sûrement, l'inclinaison axiale de la Terre se modifie et, avec elle, le cercle polaire arctique. La ligne de démarcation qui définit le cercle arctique recule d'environ quarante-six à quarante-neuf pieds (quatorze à quinze mètres) vers le nord chaque année. Fairbanks est connue comme le «pays du soleil de minuit». Du 22 avril au 20 août, le soleil semble ne jamais se coucher. On peut se réveiller au milieu de la nuit et trouver le soleil brillant, des gens en train de courir, de jardiner ou de promener le chien.

Il y a des festivals du solstice à Anchorage. Des croisières entières sont organisées autour des jours sans fin. La moins chère coûte 4 000 dollars. Je vérifie mon solde bancaire. «Deux cents dollars. Je tape des chiffres dans ma calculatrice. Chaque mois, après le loyer et la thérapie, je pourrais économiser vingt dollars.

Le lendemain matin, ma mère est au téléphone. «Le Dr. Levine m'a envoyé un e-mail. Elle dit que tu ne suis pas son plan de traitement. Elle dit que tu as besoin de plus de thérapie. Si tu n'ajoutes pas de groupes, elle dit que tu devras suivre un programme d'hospitalisation dans un hôpital. Elle a un ami qui en dirige un à Scottsdale.»

Je dis à ma mère que le Dr Levine est en train de gonfler son compte en banque. «Il y a une femme qui fait partie du groupe depuis vingt ans ! I

dire. «Comment pouvez-vous ne pas être meilleurs dans vingt ans ?»

«Je lui ai dit que nous paierions ce que l'assurance ne couvrirait pas», dit ma mère.

«Super, vous avez mon numéro de compte bancaire.» «Le Dr. Levine a suggéré que nous la payions directement.» «Vous voyez ?» dis-je.

«Tu ne sors pas avec quelqu'un. Tu ne reviendras pas vivre ici. Tu es en proba-tion à ton travail. Tu es une plante flétrie», dit ma mère.

Je tiens le téléphone un peu à l'écart de mon oreille et je m'inquiète de la quantité de radiations à laquelle je suis exposée en tenant cet appareil contre ma cochlée.

«Je veux retrouver ma fille.

Je demande à ma mère : Veut-elle que j'aie à nouveau huit ans et que je lise *L'île des dauphins bleus* ? Ou veut-elle que je sois dans la vingtaine ? Diplômée de l'université de Chicago, j'entame directement mon master à Madison, un plan de carrière prévisible et fiable devant moi.

«Les humains ne peuvent jamais revenir en arrière, maman», dis-je. «Seulement aller de l'avant, comme les avions».

«Appelle-moi tous les jours à sept heures», dit ma mère. «Dis-moi que tu vas bien.»

Lorsque je me réveille le samedi, je reçois deux messages du Dr Levine : «Nous devons discuter de l'ajout des sessions du lundi au vendredi. Et j'ai besoin de votre inscription pour l'atelier du week-end».

Message suivant : «Rappel amical : votre traitement doit être votre priorité numéro un».

Je reste immobile dans la salle de bains. Je vois mon avenir, les mois se transformer en années. Des randonnées dans la nature avec le groupe de thérapie, des ateliers de psychodrame le week-end, des dîners au micro-ondes. À peine adulte, une vie d'activités supervisées au nom du rétablissement de la santé mentale. Je me tiens dans la cuisine, sans me souvenir d'avoir quitté la salle de bains. Je me suis mordu l'intérieur de la joue. J'enfonce mon index près de mes molaires. Le sang fait ressortir le bord de mon ongle. Je redoute cet avenir comme certaines femmes redoutent de mourir seules dans un appartement avec une bande de chats.

Ce soir-là, je mange des légumes crus que je lave à l'eau purifiée et je regarde un documentaire de 2018 sur Nuka, en Alaska, intitulé *The Stars Are Vanishing (Les étoiles disparaissent)*. L'un des intervenants explique que la tradition orale sur laquelle s'appuie sa culture pour enseigner la langue exige des nouvelles générations qu'elles voient clairement les étoiles, mais qu'en raison de la pollution lumineuse des villes voisines, elles ne peuvent plus voir et que la langue est en train de mourir. Toutes les personnes que je connais - moi-même, le Dr Levine, Raquel, ma mère, Sven - font partie du problème. J'éteins toutes les lumières de mon appartement et je recouvre l'écran de mon ordinateur portable avec ma couette jusqu'à ce que je n'émette plus aucune lumière.

———————

Lundi, au travail, ma mère m'appelle.

«Le Dr. Levine dit que vous n'avez toujours pas signé pour les nouveaux groupes. Nous avons envoyé le chèque. Ton père et moi sommes très inquiets.»

Le jeudi, une enveloppe arrive dans la boîte aux lettres argentée de mon hall d'entrée. Il s'agit d'une simple enveloppe blanche de format professionnel, avec un autocollant portant l'adresse de mes parents dans le Michigan, entourée d'un carré de feuille d'or. À l'intérieur, un chèque. La note indique «thérapie», mais le nom de l'entreprise n'est pas encore connu.

Le chèque m'est adressé. Trois mille dollars. Je ressens une sensation d'agitation autour de mes oreilles.

Trois mille dollars provenant du compte d'épargne personnel Northern Pass de ma mère. Je passe la main sur l'illustration des montagnes couvertes de glace. C'est comme si ma mère me poussait à avancer. Elle me fait un signe.

Vendredi matin. Le Dr Levine est assis dans le bureau de ma patronne Roxanne lorsque j'arrive au quatrième étage. Je serre dans ma main gauche le poster enroulé du glacier Denali. Je tends la main vers le téléphone de la bibliothèque pour appeler la sécurité lorsque je me souviens à nouveau de la renonciation que j'ai signée, autorisant le Dr Levine à utiliser «tous les moyens nécessaires» pour mon traitement.

«J'ai mis en place une nouvelle structure de responsabilisation avec Roxanne «, dit le Dr Levine comme si j'étais un athlète de collège qui essayait de participer au match de la semaine. «Vous remplirez ce formulaire en ligne, dit le Dr Levine en faisant un geste vers un ordinateur portable ouvert, chaque fois que vous assisterez à votre groupe programmé. J'ai ajouté ici les réunions du lundi au vendredi, car c'est là que vous commencerez.»

«Ce n'est pas nécessaire», dis-je à Roxanne. «J'ai participé à toutes les séances convenues. Mon travail en a-t-il souffert ?»

«Le Dr Levine a dit que les symptômes pouvaient être difficiles à voir», dit Roxanne. Sa forte poitrine fait ressortir le devant de sa chemise rayée par-dessus le rebord de son bureau.

«J'ai expliqué à Roxanne que tu fonctionnais bien mais que tu étais profondément blessé. Anti-sociale. Dissociée. Une jeune femme très malade», dit le Dr Levine.

On frappe à la porte. Je reconnais la directrice des ressources humaines qui m'a retenue dans son bureau après l'événement de la chatte. Le Dr Levine salue la femme et lui sourit comme s'il s'agissait d'anciennes sœurs de sororité sur le point d'aller déjeuner.

«Je vous verrai ce soir pour le groupe», dit le Dr Levine en se levant. «Dites à votre mère que je l'appellerai aujourd'hui pour faire le point sur son chèque».

Je dis à Roxanne que j'ai le chèque et que je veux le déposer immédiatement pour pouvoir payer le Dr. Je passe devant ma banque et me rends à l'agence de crédit. Combien de fois suis-je passé devant cet endroit ? Des vitres blindées et des affiches de loterie qui tapissent les murs. À l'intérieur, ça sent le charbon de bois et le désodorisant parfumé au pin. Je suis le septième dans la file d'attente, derrière un homme vêtu d'une parka militaire tachée et de bottes de travail abîmées. Je m'appuie sur mon pied gauche, puis sur le droit. Un picotement remonte le long de mon cou et je tourne sur moi-même, imaginant que le Dr Levine m'a suivie. Je mets mon téléphone en mode avion. Puis j'envisage de le jeter dans la rue, où il sera écrasé par un camion. Je ne serais pas surpris que le Dr Levine ait piraté Apple et qu'elle se soit autorisée à utiliser une fonction «trouver mon appareil» sur tous les téléphones de ses patients.

À sept heures, je pourrais être à l'aéroport O'Hare pour prendre le vol de 20 heures à destination de Vancouver. Je pense à l'itinéraire que j'ai collé sur mon réfrigérateur. La liste a été retirée sans cérémonie. Je ne donnerai pas au Dr Levine la satisfaction de savoir qu'elle a disparu. Si je parle de l'Alaska, le groupe léchera ses os comme des piranhas.

J'aurai 3 000 dollars, et l'embarquement sur le bateau de croisière *Shimmer Sea* ne coûte que 1 500 dollars hors saison. Je pourrais marcher sur la rampe étincelante, en plissant les yeux sous le soleil et avec la fatigue d'avoir été éveillé pendant trente-six heures. Mes yeux sont électriques et nerveux, comme si j'étais défoncé, alors que je n'ai bu que de l'eau. Les heures se fondent les unes dans les autres. Je me tiens sur le côté tribord du pont supérieur et j'étale mes doigts sur la rambarde en chêne foncé.

Des vues extraordinaires. La montagne au sommet blanc, les vallées verdoyantes. Un talus herbeux d'où émergent des totems qui pointent vers le ciel. Les yeux en bois des faucons sculptés tombent et planent sur mon visage.

Des ombres nettes apparaissent sous les chaises longues à mesure que le bateau avance. Le soleil reste incroyablement haut, pendant des heures et des heures. Je me gave de lumière, de l'infini de tout cela. Un guide en gilet bleu se promène sur le pont, donnant des détails sur l'environnement. «L'Alaska est constitué de forêts tropicales», dit-il. Je n'avais pas lu cela. «Oui, dit-il. «Vous pouvez faire une randonnée dans l'une d'entre elles à Tongass. Les cerfs à queue noire de Sitka, les ours bruns, les saumons fougueux.» Je suis sur le point de lui demander ce qui rend les saumons fougueux lorsqu'il annonce à un autre couple que le voyage se terminera comme prévu au festival Land of the Midnight Sun à Fairbanks.

Je n'avais imaginé que les champs glaciaires, les sommets enneigés et majestueux. Mais je peux voir la forêt tropicale qu'il a décrite. Lourde et verte, avec des ciguës suspendues et des épicéas anciens. Les vagues arrosent la poupe du bateau. Un aigle à tête blanche plonge au-dessus de nous. Des enfants passent devant elle en courant pour se rendre au baby-foot ou à la salle de jeux avec ses rangées de consoles de jeux vidéo dans le ventre du navire.

J'enlève ma veste, puis mon pull. Je n'applique pas de crème solaire. Le soleil continue de nous écraser. Je lève le cou vers le visage de la montagne qui s'approche et qui monte la garde au-dessus de ces eaux. La lumière traverse mes paupières même lorsque je les ferme. Lorsque le pont se dégage pour une minute, j'ouvre la gorge et je crie, comme si j'étais l'un des oiseaux du ciel. Un couple âgé se précipite de l'autre côté du navire. Les oiseaux du ciel commencent à remplacer la voix du mégaphone du Dr Levine. À chaque montée et descente du bateau, je commence à vider les semelles de la bibliothèque, les téléphones portables, Sven, la cannelle et les pas qui courent sur la chaussée dans l'obscurité. Ici, au milieu des imposantes calottes glaciaires, il n'y a pas de place pour ces choses.

L'homme devant moi à la caisse d'épargne et de crédit tousse et se dirige vers la fenêtre. Mais je ne suis pas vraiment là. Je suis sur le bateau. Une vague nous soulève et nous laisse tomber. Un changement de cap. Nord-ouest, dit quelqu'un. Puis, je le vois. Même ici, en plein été. Un glacier vertical, un mur de glace colossal.

Nous passons devant et nous restons bouche bée. Ici, rien ne se passe comme prévu. Le soleil ne se couche pas. La gravité ne peut pas niveler le mur. Le soleil brûle la neige et l'oblige à fondre. L'océan crache des vagues, mais le mur de glace refuse de se recroqueviller. Il semble s'élever plus haut à mesure que nous nous approchons, s'étirant toujours plus haut, solide, puissant, vaste. Plus fort pour le combat.

PAS MON CORPS

Je suis captif dans ma libération.
Le sperme cristallisé comme un récif corallien, à l'intérieur.
Les mains tenant, les désirs des autres revendiqués,
Les brûlures sur le tapis apparaissent comme un sortilège sur mes
cuisses.
La religion aussi.
Le matin de Pâques, un feu de joie,
Marchant avec des bougies dans des couloirs sombres,
Des prières, pas les miennes,
Des chants, pas les miens,
De la magie, pas la mienne,

Pourtant.

Hystérique
Emotionnelle
Des répliques d'écho que je ressens maintenant dans mes pieds
Tout le chemin de retour aux palettes placées
Sur les tempes de ma grand-mère,
Le bâton de bois glissé entre ses lèvres
Sangles à ses poignets,
Le corps tressaute,
Je tressaille aussi, à l'intérieur
Où je suis encore une graine.

REMERCIEMENTS

Comme le dit un de mes amis, l'écriture est un sport d'équipe. Un grand merci à l'équipe de Muse : Patricia Fors, Gordon McClellan, Dominique Swanquist, Megan Jackson, Alexis Reyes et Alex Kuisis. Une profonde gratitude envers Stuart Dybek et Juan Martinez pour leur mentorat inestimable à Northwestern - vous avez fait de moi l'écrivain que je suis. Je remercie également ma communauté d'écrivains : Auybn Keefe, Allison Epstein, Bridget Roche, Erika Carey. Merci aux femmes incroyables de la Thought Leader Academy et d'Oracle - vous êtes les SHERO. Et au centre de mon cœur : Bill, Finn et Maverick.

À PROPOS DE L'AUTEUR

Sara Connell a participé aux émissions The Oprah Winfrey Show, Good Morning America, The View, Fox, Katie Couric et TEDx. Ses écrits ont été publiés dans le New York Times, Forbes, Tri-Quarterly, Good Housekeeping et Parenting. Elle a fait des présentations au Chicago Tribune Printer's Row Literary Festival, à la Northwestern University, au Story Studio Chicago, à la Chicago Literary Alliance et au Chicago Women in Publishing, ainsi que dans de nombreuses entreprises du Fortune 1000 : Estee Lauder, Johnson & Johnson, GE, Unilever. Ses mémoires, Bringing In Finn, ont été nominés pour le prix du livre de l'année du magazine ELLE.

Note sur les histoires publiées précédemment :
«Marionettes» a été publié dans New American Legends, *https://newamericanlegends.com/2020/07/31/marionettes-by -sara-connell/*
Une version antérieure de «Tarifa» a été publiée dans I.O. *Literary Journal*, https://www.ioliteraryjournal.com/.